长篇小说

青春不毕业

赵 欣——著

时代文艺出版社

图书在版编目（CIP）数据

青春不毕业 / 赵欣著. —长春：时代文艺出版社，2019.9（2021.5重印）

ISBN 978-7-5387-6152-8

Ⅰ.①青… Ⅱ.①赵… Ⅲ.①长篇小说－中国－当代 Ⅳ.①I247.5

中国版本图书馆CIP数据核字（2019）第184017号

出 品 人　陈　琛
责任编辑　陈　阳
助理编辑　孙英起
封面题字　景喜猷
装帧设计　李　斌
排版制作　隋淑凤

青春不毕业

赵欣　著

出版发行 / 时代文艺出版社

地址 / 长春市福祉大路5788号　龙腾国际大厦A座15层　邮编 / 130118
总编办 / 0431-81629751　发行部 / 0431-81629755
官方微博 / weibo.com / tlapress　天猫旗舰店 / sdwyycbsgf.tmall.com
印刷 / 保定市铭泰达印刷有限公司
开本 / 660mm×940mm　1 / 16　字数 / 162千字　印张 / 17
版次 / 2019年9月第1版　印次 / 2021年5月第2次印刷　定价 / 68.00元

目 录

第 一 章

苏树荫走进机舱里，在挨着窗户的位置坐下。这班飞机自比利时飞回国内，所坐的基本上都是苏树荫的同事。他们刚刚结束在比利时为期三个月的交流会，此时的他们在各自光鲜的履历上又增加了一项——访问学者。飞机里，身旁的同事们打电话的打电话、整理资料的整理资料，唯有苏树荫，紧紧地贴着机舱壁，将自己蜷成一个烧熟的虾米样。原因无他，这个飞机上绝大部分出生在城市里的同事，自小就坐惯了飞机。

苏树荫是在大一才第一次乘坐了飞机，一张机票，让母亲攒了好几个月的杀鱼钱。

而在此之前，她坐的最多的是从自家小镇开往县城的小货车，开小货车的于叔是家门口的老邻居，坐他的小货车，虽然要蹲在铁皮板子上，摇摇晃晃和一堆猪饲料一起进城，有时候还会多上一头刚刚宰好的死猪。但是来回一趟可以省下四块钱，一个月就可以省下十六块钱，这些钱可以让苏建国在牌桌上多打一圈了。自然，不会让她这么一个赔钱货用在没必要的地方。

苏树荫慢慢地将自己放倒进座位里，挨着舱壁，深深地呼出一口气。这是她多年来的习惯，从第一次坐飞机开始。

"苏老师，欢迎回国啊！"早早等候在首都国际机场的单位后辈接过苏树荫手中的行李箱，两人一道朝停车场走去。

苏树荫如果此时回头看，将会看到她心系多年又恨了多年的人，正紧紧地盯着自己，看着她和同事两人有说有笑。这个新入行的小同事，生得阳光活泼，又乐于助人，即便苏树荫性格素来内向，和他聊天也能被逗得笑个不停。苏树荫坐在副驾驶，看着小同事笑眯眯的样子，眼睛盈盈处，像极了当年的那个人。

另一边，还在机场里的任京墨已经从刚刚发现苏树荫时的狂喜，转为无比的失落。疼痛难当、如临深渊不过如此。

"任总！任总！哎哟我的天啊，总算找到您了，我这微信步数都快绕地球一圈了！"说话的是任京墨的助理小宋。他家亲亲可爱、杀伐决断的任总，刚回国咋就傻站在这，一脸杀气的样子，是不是……谈判失败了？

小宋赶紧闭紧嘴巴，默默地一手拿着行李箱，一手牵起他家任总，一骑绝尘，速回公司。

单位里，苏树荫将自己陷进办公椅里，手不断地敲打着键盘，她得赶紧准备这次出国访问的汇报材料，单位已经安排她明天做汇报交流，在……她的母校。苏树荫自嘲一笑，没想到自己会是以这样的身份，重新见到那些人，回忆往事，总是件费力不讨好的事。苏树荫打起精神，将自己的注意力重新拽回到工作中。

忙到下班，苏树荫终于将PPT和演讲稿全部做完了。单位旁边的火锅店里，苏树荫急吼吼地喝了口羊杂汤，在北方干燥冷冽的冬日里，一口下去，足以让人从头到脚的毛孔都舒展开来。

坐在对面的纪愉笑眯眯地看着苏树荫，直把正在啃羊蹄的苏树荫看得抬起了头，问道："怎么了？"

"没有，树荫，你说咱俩认识这么多年了，我咋就觉得你昨天还是那个拉着破行李箱，怯生生站那的小黑妞呢？"纪愉手托着腮，脸红扑扑地看着对面的苏树荫，美艳大方，事业有成，宿舍里的四个人当中，就属她活得最好了，像个小太阳似的，不疾不徐间自成世界。

树荫看着窗外，都城的冬季，总是凛冽异常，没有本事的人，根本活不下去，何谈站稳脚跟？举杯饮尽瓷杯中的梅子酒，拉拔着早已经醉倒的纪愉回到自己的宿舍，这丫头还是这样，不管不顾，明天还要期末考，现在还敢喝成这个鬼样子！

　　苏树荫摇摇晃晃地倒在沙发上，晕乎乎地看着茶几上的照片，一夜，天明。

　　母校，中央会议厅，后台。苏树荫收了收肚子，暗恨昨晚啃了那么多羊蹄。

　　"树荫！好久不见啦！"吴苓在母亲的一帮学生簇拥下迎了上来，此时苏树荫还在后台候场，厚重的毛呢外套盖住了礼服，整个人就像来见城里亲戚的乡下丫头似的，但只要与她交谈几句，自然懂得"腹有诗书气自华"这句话所言不虚。

　　吴苓站在那打量着苏树荫，手里的小坤包转了一轮又一轮，半晌，吴苓终于恩赐般地开口说道："树荫啊，怎么？你们单位的领导也过来参会了？倒是难为你了，这么大冷的天，还要在后台等她。"

　　吴苓身后，她母亲的学生们，有的默默朝后退了一步，她们辛辛苦苦考上名校，不是为了给人当枪使的，有的却跟着附和道："就是，就是！这大冷的天，她倒也舒服，安安心心地裹着个大棉袄，也冻不着。"

　　吴苓听完自然得意非凡，自己有个名校教授的母亲，又留校任教，绝大部分同龄人中，确实算得上混得不错的了。

　　"辅导员！吴辅导员！你怎么到后台来了，快！快！前面金融学院的学生都没人领队了，你怎么还在这闲聊！"金融学院的老师看见吴苓，忙不迭地跑过来催促道。

吴苓紧紧地拽住礼服裙摆，脸上的红晕连最白的粉底都快遮不住了。

"下面！有请本次的特邀嘉宾，曾多次出国访问，日前刚刚从比利时归国的苏树荫，上台演讲！"

后台，苏树荫将礼服的裙摆提起，一步一步慢慢地从昏暗的后台走到舞台的中央，吴苓惊讶地看了苏树荫好一会儿，立在原地良久，才转过身朝自己母亲所在的方向走去。

一人去向光明，一人独留黑暗。纪愉抱着苏树荫的大衣，站在后台的角落里，光影斑驳间，想到多年前的那个午后。一个是教授独女，一个是田间黑妞，谁能想到今时今日的局面会是这样？

纪愉回转身，看着隐在暗处的任京墨，只有他，当年就看出来了吧？

十年前，南方小镇。栀子花已经开完了最后一个花苞，老苏家的喜气还是从家里蔓延到整个镇上，前几天，镇长和镇一中的校长敲锣打鼓地将通知书送到苏树荫手上的时候，隔壁的王姨就抓着自家女儿的手报了补习班。

苏母坐在家里，听着来自四面八方的夸赞，就连因为做生意失败而低迷多年的苏父，此时也正在前院龇着大牙和二伯喝着村头老汉酿的米酒，嚼着苏母新卤的猪头肉。

苏树荫坐在房间里，看着成绩单上的名次，不敢相信她真的从一个南方山区的镇中学，以全省前十的成绩，考入这个国家最有名的学府。这意味着，她往后的人生，面对的不再是像表姐那样的流水线和无数的玩偶零件，而是高耸的摩天大楼，体面的工作，富足而有尊严的人生。

为此，即便家里不是年节下，苏母苏父也将自家养了一年打算在春节卖个好价钱的黑猪杀了，摆了长长的一桌酒席。镇中学也奖励苏树荫三千块奖学金。那一沓红红的票子，是苏树荫目前为止看见过最多的钱了。

苏父捏着这笔钱，高兴地看着自家的闺女，这是这十多年来，第一次，苏树荫在自己父亲的眼睛中，看见了自己的身影。

傍晚，柳又端着自家刚做出来的肉圆汤，慢悠悠、颤巍巍地端给苏母，又从苏母手里接过碗红烧肉，继续小步向自家迈进。站在大树下的苏树荫，看着柳又忙来忙去的。直到柳又要跨进自家门槛的时候，才扔掉叼在嘴上的草茎，朝着柳又大声来了一嗓子。随着苏树荫声音落下，柳又望着地上，那一摊肥嘟嘟的红烧肉，气得直朝苏树荫奔来。倒是苏树荫不急不慢地走着。果然，柳又跑到苏树荫面前就踩了急刹车，看着无所谓的苏树荫，气得将苏树荫刚洗好晾干的头挠成了乱稻草，才一边狂笑、一边狂奔回家里，省得被回过神来的苏树荫揍得脚底开花。

苏树荫望着远去的柳又，笑着将头发用手重新抓顺，才抬步回家吃饭。

吃完饭，苏树荫跟着柳又端着碗，一起去镇东头的豆腐坊打油炸豆腐吃。柳又笑眯眯地看着走在前面的苏树荫说："怎么样？这回你爸开心了吧？"

苏树荫嘴角勾起，望着手中的空碗，是那种农村窑厂自己烧的大碗，温润的象牙白色，可以结结实实地盛一大碗饭，苏树荫转了转碗沿回道："嗯，他这几天一直待在家里帮我妈干活，也不怎么出去打麻将了。"

柳又看着面前不及自己肩膀的女孩，脑袋上有细密的绒发，印在夕阳底下，随风摆着。望得人心发痒、手发痒，柳又手指微动，过了半晌又紧紧地攥成拳头。

"那就好啊。树荫，我考上公安大学了，咱俩大学四年还能在一块读，真好……"柳又放缓脚步，走在苏树荫身侧，语气倒是轻快无比。

苏树荫微微低着头，抱紧了碗沿，望着前方的油炸摊子，笑着回道："那好啊，那咱俩一块去报到。"

九月，坐了二十多个小时的火车后，柳又两手提着行李箱，和苏树荫站在火车站前的广场上，四处找着来接人的师兄师姐们。

火车站前广场，一溜溜的高校高年级生，举着自家大学的牌子，卖力地喊着："同学，是盛大的吗？"

"你是刘师妹吗？我是你师姐！就是QQ群里那个寂静等花开！"

"哎哟我去，老乡啊！师弟！"

"你好！你是首都大学的新生苏树荫吗？"一个女生跑过来，笑眯眯地拿着手中的相册，看着苏树荫。

苏树荫看着热情洋溢的女生，下意识地朝后退了一步，仰头求助似的望着柳又。这是他们俩多年来的默契，柳又负责应付陌生人，倒不是苏树荫怕生，主要是她嘴笨，又懒得应付。倒是柳又，天生的交际小天鹅，没事都能给他聊出点事来。柳又拍了拍苏树荫的肩膀，走上前对女生说："是的，请问你是？"

"你好，我叫吴苓，是苏树荫的舍友，我是本地人所以就先来接我的舍友们啦！"吴苓看着帅气英俊的柳又，笑眯眯地说道。

柳又点头，回头对苏树荫说："树树，是你舍友哦，正好，我还不知道怎么去你们学校，现在有同学带路啦。"

苏树荫看着脸上笑意从来没有停过的吴苓，心生羡慕，点头对吴苓说："你好，我是经管学院……"

"三班的苏树荫，你忘啦？我是你舍友！"吴苓牵起苏树荫的手，带着初到首都的两人坐上大巴，一路上，吴苓对各处景点如数家珍，介绍着这家的豆汁好喝，隔壁的快餐实惠，往前走那家的卤煮却很难吃。

柳又看着前面的两个女生，头并着头，细细地说着话，慢悠悠地跟在两人身后拖着巨大的行李箱，果然，女人不论年龄大小，都一样爱聊天啊。

到了公安大学门口，柳又看见有一群人在那里迎新，低头对苏树荫说："树树，那我就先去学校报到了，要不然时间就来不及了。你自己一个人记得跟紧你那个舍友，到了宿舍给我打电话。"

苏树荫接过箱子，点头道："放心吧，没事的。"

柳又不放心地看了眼苏树荫，再次拜托吴苓后，转身向公安大学走去。

"怎么样？树荫，我们学校还不错吧？前面那个就是思正楼了，我看了课表，我们以后上课主要都是在那栋楼里。哦对了！前面就是饮水房，离我们宿舍还挺近的。"吴苓拉着苏树荫的手说，脚步轻快，高语轩昂。

"吴苓，你对学校好了解啊，可是现在不是才入学吗？课表出得这么快吗？"苏树荫疑惑地问。

吴苓了然，这一上午不知道有多少新生这样问过了。

"是还没公开，可是我知道啊！"吴苓笑着，语气满是得意。

苏树荫疑惑地看了看吴苓，只见吴苓无所谓地笑了一笑，也不解释，径直往前面走去。

"哎！你是李迎男吧？我是你舍友！"吴苓疾步走到大

门口，继续笑眯眯地看着前方的同学说道。

苏树荫站在原地，拎着行李箱尴尬地站着。想了想，慢慢地走过去。

"哎，你知道吗？我打小就在这长大的，看见前面那栋楼了吗？那是我们学校的食堂，三楼的白切鸡最好吃。"吴苓叽叽喳喳地向李迎男介绍着。

苏树荫跟在后面，细细打量着李迎男，皮肤微黑，手里拎着的行李箱看着就价值不菲，此刻眼睛正滴溜滴溜地转着，边附和讨好，边细细盘算。

苏树荫看了看自己的行李箱，又看了看前面两人大有要游遍全城的架势，想了想说道："我想起来，我还没有去领饭卡呢。"

吴苓和李迎男回头，看着苏树荫，吴苓看了看苏树荫手上的两个大箱子，再看看李迎男的行李和自己空空如也的双手，待在那，也不回答，仍然是笑眯眯地看着苏树荫。

苏树荫了然地笑了笑说道："时间也不早了，我先过去，待会咱们宿舍碰头，怎么样？"

吴苓连忙笑答："那好，那我们就在宿舍碰头啦。"说完挽着李迎男的手，继续逛校园。

苏树荫拎着行李箱，如释重负地呼出一口气，向宿舍楼的方向走去。

可惜，苏树荫貌似低估了来自母亲大人狂热的爱，拖着巨大的行李箱走在校道，即便已经入秋还是累得汗流浃背。碰巧又遇到了一段上坡路。苏树荫望着两边来接新生的师兄师姐们，张了张口，还是没好意思出声。像以前一样，苏树荫咬咬牙决定自己把行李箱拉上去。可惜行李箱并不想配合她，到了半坡，全都叽里咕噜滚进了坡边的草丛里。苏树荫望着陡峭的山坡，正好是午后，懒洋洋的阳光照得人昏昏欲睡。早上还人声鼎沸的山坡，现在也已没了人影。

苏树荫索性瘫坐在路边的草丛里，准备歇一会再把行李箱拉上来。

突然眼前一道红光闪过，苏树荫抬起头，看着一个把自己头发挑染成红蓝两色，看起来就像雪碧和可乐杂交一样的男生，骑着一辆山地车从旁边驶过。苏树荫眼睛一亮，终于鼓起勇气问道："同学，我的行李太重了，能不能借你自行车搬一下？"苏树荫心想，行李箱太重，叫人搬不好意思，但是借自行车用下应该是可以的吧？

没想到，那个可能太喜欢喝可乐兑雪碧的男生，居然望了自己一眼，一句话不说骑着车就走了！

苏树荫无语，想开口骂他，可又不好意思。只得坐在路边，继续想法子。

十几分钟后，刚刚走了的红蓝头居然推了一辆拉板车又回来了，三两下就跳进了草丛，把两个行李箱一手一个拎上来，手臂上的青筋被绷得直直的，将行李箱熟练地绑上拉板车后，红蓝头才抬起头问道："哪栋？"

苏树荫忙答："二栋，401！"红蓝头点点头，示意自己知道了，然后一言不发拖着箱子往前走。

苏树荫盯着前方那头招摇的鸡毛看了半晌，才紧跟上前。

本校规定，男生不得踏入女生寝室，等到红蓝头把行李箱放在二栋的楼下，准备离开的时候，苏树荫急忙叫住了他，气喘吁吁地说："谢、谢谢师兄，我叫苏树荫，师兄你呢？"

任京墨望着这个白纱裙姑娘，微黑的皮肤倒是把裙子衬得愈发白了。无奈地揪了揪自己头顶那一撮毛，自己不过是染了一头招摇点的头发，至于被人认作师兄吗？冲着苏树荫皮笑肉不笑地说道："我不是你师兄，我和你同级！我叫任！京！墨！"

苏树荫望着龇着一口大白牙的任京墨，脸顿时涨得通红。

终于，在上下两趟的奔波后，苏树荫把所有的行李都搬进了宿舍。这时候传来了开锁声混着一阵娇笑，门开了。

苏树荫诧异地看着来开门的人，不是李迎男也不是吴苓，她愣在原地，准备好的笑容僵在脸上，看着对方不知道该怎么应付了。

纪愉看着呆呆的苏树荫，微笑着柔声说道："你就是苏树荫吧？她们两个人去找辅导员了，我刚来，收拾下东西。"

苏树荫将箱子放在玄关，趴在阳台上看着空荡荡的楼下，那个男生？……已经走了吗？

楼下，树荫里的任京墨，抓了抓自己挑染的红蓝爆炸的头发，好不容易熬过高中，偶尔叛逆一把，吓吓老娘也挺好玩的。

宿舍里，苏树荫将衣物一件件叠放进衣柜里，刚弯腰就感觉肩膀被轻轻地拍了一下，原来是纪愉从自己行李箱里抓了两把巧克力跑过来，塞进自己的手里，笑呵呵地说道："树荫！给！这个巧克力可好吃了，是我舅从国外带回来的呢！"

苏树荫笑着看着纪愉手里一大把进口的巧克力，金箔素纸。苏树荫笑着拿了一颗，回道："谢谢！对了，我妈还让我带了家乡的小吃，叫云片糕，你要不要尝一下？"说完，连忙从书包里掏出家乡特产来，红色的大纸，被仔细的苏妈包裹了一层又一层。

纪愉笑着接过一沓云片糕，好奇地捻了一片吃，甜腻异常，纪愉的牙根隐隐酸痛，连忙使劲咽下去，才对苏树荫说："嗯，真挺好吃的，谢谢你啊！"说完，怕苏树荫不相信似的，连忙咀嚼了几口，吞了下去，才回到座位上继续收拾起来。苏树荫笑着，将剩下的糕仔细地收起来，拿起手机走到阳台，向老妈和柳又报平安去了。

没过一会儿，吴苓和李迎男也回来了。吴苓手里拿着军训服对刚从阳台回来的苏树荫说："树荫，顺手给你领回来了，怎么样？放你桌上吧？"

苏树荫连忙走过去，接在手里，"谢谢，谢谢，麻烦你了，真的。"

吴苓无所谓地笑了笑说："没事啦，大家都是舍友，以后还要一块过四年呢。"说完也回到自己的床位上，开始收拾起来。

四个女生忙忙碌碌地收拾了一下午，直到夕阳西下，远处的紫禁城泛着金边，四个人才累瘫在地板上。

李迎男背靠着吴苓，气喘吁吁地说："你们知道吗？我在家，可是从来没有干过这么多活的，你们知道不，村里的两座窑厂都是我家的，两座山都被我家挖空了，烧出来的砖光拉到县城，就有十好几万了呢！"

吴苓低头玩着自己的小熊玩偶，不屑地在暗处撇了撇嘴。纪愉斜眼看了眼吴苓，赶紧收起惊讶的神色来，也装作无所谓地玩起了自己的手机。

倒是苏树荫惊讶地回头看着李迎男问道："你爸这么能赚钱的啊？天啊，十好几万呢，我家一年也才赚几万块钱，还要供我读书。"

李迎男不屑地笑了笑说道："十几万只是我家一个月的

收入啦。不过没事的，树荫，咱们进了这么好的大学，以后你家的生活也会好过点的。"

苏树荫无奈地笑着点了点头，继续拿起课表做备注。这是吴苓刚刚给自己的，她特意打印了四份，宿舍里一人一份。

第二天，辅导员就在班级群里紧急通知，到操场集合，开始军训了。四个姑娘赶紧手忙脚乱地换好衣服奔向操场。

操场上，苏树荫望着头顶炽烈的太阳，摇了摇身子，还是像往常一样，决定咬牙坚持下去。不一会，旁边站着的女生有的坚持不住，倒了下去。教官这才网开一面，命令全员就地休息。苏树荫坐在滚烫的塑胶跑道上，汗如雨下，可惜这是紧急集合，大家都没来得及带水杯过来。苏树荫只好咽了口唾沫，决定强撑。

旁边却传来吴苓惊喜的声音，苏树荫抬头望过去，居然是早上那个红蓝头，他顶着一头招摇的头发，穿着一身军绿的衣服。终于不像一只锦鸡了，倒像一只变异的花树。任京墨刚不耐烦地按照自家大老爷的要求，给吴苓送矿泉水。就看见昨天那个傻呆呆的女生，现在还是一脸傻气地望着自己。

任京墨特想朝天翻个白眼，虽然知道自己长得好看，但也不用那么花痴吧。任京墨又扫了眼手上的矿泉水，或许她是对着手上的这瓶水发呆。任京墨难得地生出一点要帮扶弱小的心思来，把整瓶冰矿泉水递了过去。

苏树荫愣愣地接过矿泉水，然后不客气地扭开盖子狂喝了一口，北方的夏天也是一样的炎热难熬，何况还多了一层干涩。

苏树荫看着任京墨，大方地笑了笑说："多谢你，口渴得不行了，还好你捎带着送了水，我这是托了吴苓的福了。"

站在苏树荫身边的吴苓，罕见地拍了拍苏树荫的胳膊，脸泛红晕地对任京墨说道："京墨，谢谢你。对了，周五我妈出差回来，想问下叔叔阿姨有没有空，一起吃个饭？"

任京墨转着手中的手机，点头回道："我回去问一下我妈，行！没事我就先走了。"说完干净利落地转身朝自己的队伍方向走去。

徒留吴苓在原地，失落地看着一片绿中的那点红毛。军训结束后，苏树荫就拿着课表开始了紧张的学习生涯。本以为自己在高中已经够刻苦了，进了这所大学才发现原来的刻苦只是常态，这里多得是学神、学霸。

接下来的一个学期，忙着上课抢座位和下课抢自习室的苏树荫，终于也在李迎男东一嘴西一嘴的闲聊里知道了，这个叫任京墨的男生是今年的特招生，高中时代就获过多项全国性大奖。父亲是这所大学的教授，母亲是京城生意场上有名的女强人。

至于吴苓，原来她是中文系吴教授的女儿。与任京墨从小一起长到大。不过听吴苓说起来，任京墨绝不像柳又一样，是个处处以大哥哥自居，时时照顾自己童年玩伴的人，他小时经常恶作剧欺负吴苓。不过苏树荫看着吴苓说起来，一直就没有降下来的嘴角，心里存疑。

一旁貌似正在认真学画眉毛的李迎男，倒是嘴巴一撇，继续守着美妆博主，开始仔仔细细地画起了眉毛。

对于目前的苏树荫来说，面临最大的问题是她的功课，虽然她已经全力以赴地去学习经济知识，可是那些不停变换的系数，不停晃动的K线图，还是把自己绕进了一座巨大的迷宫。苏树荫很无奈，学习果然不是刻苦就可以解决的事。

无奈之下，苏树荫决定牺牲周末的所有休闲时光，去图书馆泡起来。这样，期末总能拿个还算过得去的成绩，回家过年也能让老妈在亲戚面前好好地说道说道。

只是苏树荫错估了北方的冬天，金秋已过，寒流来得格外迅猛，常常打得人措手不及。苏树荫看完一章《西方经济学》，出来天已经全黑了，无奈地紧了紧身上的外套，苏树荫快速往宿舍楼奔去。在宿舍楼下，看见了已经许久没有回宿舍住的纪愉，她身边有个染着黄头发的青年男子，不同于任京墨，即便染着红蓝刺眼的头发，也能一眼看出是个学生。

这个黄头发男子双指已经被烟熏黄，昏暗的路灯也无法掩盖他厚重的黑眼圈。纪愉和他说着说着，居然哭了起来。那个男人不耐烦地在旁边站着，看纪愉居然没有停下来的意思，动作熟练地抢过纪愉的背包，翻找出钱包后扬长而去。纪愉似乎已经猜到这个男子会这样，在男子逼问自己之前，就老老实实地将背包递了过去。等到男子翻完背包，绝望地看着男子离去的背影才擦干眼泪，坐在冰冷的石凳上，开始哆哆嗦嗦地举起粉饼，试图将刚刚的难堪掩盖过去。

苏树荫背着包，目瞪口呆地看着这一幕，谁料到那个黄毛拿了纪愉的钱包还不满足，竟然朝苏树荫这边气势汹汹地走了过来。苏树荫见势不妙，连忙将包往男子怀里一塞，趁着对方愣神的工夫，快速向远处路灯下的监控探头跑去。

苏树荫急速奔跑时，突然手臂被狠狠一拽，苏树荫下意识地往身后就是一个扫腿。就看见任京墨捂着肚子坐倒在草地上，苏树荫慌忙将他扶起来，泪眼模糊地看着坐倒在地上的任京墨，简直就是无语问青天，谁知道一个大男生居然这么菜！

任京墨望着娇小的苏树荫也是一阵无语，有谁能告诉他，那个开学那天柔弱无助地蹲在路边的苏树荫是假的吗？刚刚那个急匆匆边哭边跑的小姑娘是自己的幻觉吗？

"对不起啊，我邻居……从小就教我防身术，可是我不是故意的。"苏树荫低着头，内疚地断断续续说着，好半天才将话说完。

"没事！"任京墨咬着牙回答，还能怎么样，难道回她一拳？只能自己捂着肚子，将苏树荫拉到路旁，也不知道是什么样奇葩的邻居，居然那么小就教个姑娘防身术。

"你……刚刚为什么拽我？"

"你要是看见个女的边跑边哭，你不会跑过来帮忙啊？"任京墨撇嘴，拿起地上的保温桶准备打道回府。

苏树荫望着任京墨，他这是又给吴苓送吃的来了吗？

"不会。"

苏树荫小声地回答，任京墨低头看着这个远方小镇来的姑娘，小小的手捏成了拳头，倒是倔强得像块石头，任京墨笑了笑，掸了掸身上的草屑说："不会就不会嘛，每个人都有自己的行为选择，你不会，我会，都可以。"

苏树荫站在原地，疑惑地看着任京墨，她还以为……他会反驳自己。

望着远处的纪愉已经收拾好上楼了，苏树荫也赶紧回到宿舍。

宿舍里，苏树荫站在纪愉的床铺边，看着将头紧紧地埋进被子里的纪愉，揉了揉自己疼痛不已的手腕，想了想，到底还是回到自己床上，熄灯睡下。

床上，苏树荫脚踩着暖暖的热水袋，那是今年国庆，大家一起逛街的时候，纪愉买来塞在自己的床上的，想了想，苏树荫拿起手机，向纪愉发了个问号。

一个小时后，就在苏树荫等得要沉沉睡去的时候，纪愉发来长长的一段话，苏树荫看得睡意全无，那个像流氓一样的黄毛，居然……是纪愉的初恋男友？

"树树，就当我求你了，千万别把今晚的事告诉别人，要不然我男友他学校肯定要开除他的。"

苏树荫手指划着屏幕，半晌才回答道："好。"

第二天，公安大学校门口。

柳又兴冲冲地跑到苏树荫身边问道："树树，你不是说最近忙着期末考没空吗？今天怎么有空过来了？"

苏树荫看了看刚下体育场跑得满脸汗水的柳又，抽出一包纸巾递给他说："柳又，我不小心扭到手了，今天早上起来感觉不舒服，医院收费又太贵了，我知道你们大学的校医在治疗这块还是没问题的，能不能带我去你们学校的校医室看看？"

柳又抬起头，一动不动地看着苏树荫，直把苏树荫看得后背发毛才开口道："是不是你们学校有人欺负你了？你一个小丫头，天天都泡在自习室，哪来的跌打伤？！"说到最后已经带了质问的语气。

苏树荫打小就服柳又管，看见这样的柳又，连忙竹筒倒豆子，一股脑全说了出来。

柳又看着小心翼翼的苏树荫问道："树树，你真的不想追究了？这种事有一就有二。"

苏树荫想了想说道："嗯！我最近去自习室都是约上人一块去的，你放心，没事的。我舍友……她人还不错，这次就算了吧。"

柳又不放心地点了点头说："我们校医室再好，也没正规医院的医生好，附近有家医院，在全国都有名气，我带你去那，咱先挂号，等看好了，我再带你去吃广式生滚粥。"

苏树荫为难地看了看柳又，不知道该怎么告诉他，前几天抢完回家的车票以后，自己就没剩多少钱了。

谁知道一天下来，柳又都趁着苏树荫不注意的工夫，悄没声地把钱付了。

宿舍里，苏树荫躺在床上，手臂上刚刚上了药，还疼得很。苏树荫来来回回不停翻身，突然拿起手机，快速地给柳又发了条信息说："过完年，我把钱还你，柳又……谢谢你。"

柳又刚上完课回到宿舍，就看见了苏树荫发来的信息，一米八三的大高个，缩在小小的床铺上，手指来回在屏幕上划动着，想了半天才回道："好。"

等着回信的苏树荫松了口气，可惜，原本以为就这么安稳平淡直到期末的日子，却从来不缺乏为它增添光彩的人。距离期末还有一个月，纪愉被传到办公室做检讨，原因是长期无故缺课。回到教室的纪愉在门外被辅导员拦了下来，那个素来以严厉著称的朱辅导员，在门外训了纪愉半个小时。

"你知道，每年有多少学生想考进这所学校吗？光旁听生就可以组成一个学校了。你努力考进来，还不知道认真学习，在学校里整天打扮得五颜六色的。还有你那个男朋友，流里流气的！还抢劫！将来只会害了你！"

"我说话，你听到没有？"

一直低着头的纪愉，一直爱面子的纪愉，忍耐了半个钟头的纪愉，在听到辅导员数落自己男友时，突然抬起头狠狠瞪着书包，然后猛力推开辅导员，向楼下跑去。

可惜激动的纪愉没有注意到，被推倒在地的辅导员，和冲出来叫救护车的同学们。

针对此事，校方做出决定，开除纪愉。正在医院休养的朱辅导员听到吴苓说起这件事，坐在那半晌没有说话。

这个期末，终于伴随着这场闹剧结束。苏树荫长期的图书馆自习总算没有白费，她的名次虽然不是名列前茅，但好歹不算是垫底的了，全系第一，意料之中被任京墨摘得。

回家的火车上，柳又看着这段时间伤也好了、脸也养得圆圆的苏树荫，玩笑着问苏树荫：

"胖子，你看我买了好多零食，你是要吃话梅干，还是要吃麻辣鸡爪？"柳又一包包从书包里拿出来，大有要把整个硬卧铺满的意思。

苏树荫坐在一旁，又想笑又要硬憋着，柳又怎么感觉越活越小了，这样子简直像是《冰河世纪》里那个不断找栗子的松鼠。

"柳又，我吃不下，你先吃吧。"苏树荫说着，从书包里掏出书来，这是她在学校的跳蚤市场淘的，下个学期需要上的课本。

"树树，这都已经放假了，有什么好看的，过来我教你打掼蛋。"

苏树荫摇头，本来自己在高中的时候自以为是很优秀的了，没想到进了大学才知道强中自有强中手。可惜自己对经济不敢兴趣，也没天分，但是现在经济学就业形势好，像自己这种家庭出身的，到了社会上找工作就是裸奔，只能现在就开始用功。

柳又在一旁看着又安静下来的苏树荫，突然想到前几天老妈对自己说的兼职的事，单纯去玩的话树树肯定舍不得，这个兼职树树肯定乐意。

"树树，你愿不愿意当导游？"柳又边拆话梅糖的包装纸边问，天知道一个一米八三的未来警官，最喜欢吃的居然是话梅糖。

苏树荫望着鼓起腮帮子的柳又，才想起来这几年县里搞旅游立县，自家所在的小镇也被定为了景区。上大学的时候，学校奖励的三千块钱，自己去买了台电脑就没了。这个假期兼职的话，不仅下个学期的学费能有着落，也能还上柳又的钱。

"嗯。"苏树荫轻轻点头。

　　过了一会，柳又已经和上铺的几个哥们儿打成一片，几个人开始打起了掼蛋。柳又从小心思活泛，又会做人，哄得上铺一哥们儿直说要给他介绍对象。

　　柳又斜眼看着苏树荫，只见对方在书上写写画画，对这边的情况仿佛全无知觉。柳又叹了口气，岔开话题继续玩了起来。

第 二 章

　　苏树荫站在原地，吐出了一口气，瞬间化成了雾。使劲跺了跺脚，没想到天气会这么冷，更没想到都这么冷了，游客居然还是这么多。镇东头的季大妈，一天下来光是卖热粥，都赚了一百多块钱。自己当导游这几天，零零碎碎也赚了不少了，干完今天这一单，自己就可以真正开始寒假了。

　　"你是电你是光，你是唯一的神话……"手机铃声响起，苏树荫迅速接起电话。

　　"你好，我是××旅行团的导游……吴教授？！任京墨也来了？……"苏树荫呆立在原地，真的是，好巧啊……

　　原来是吴苓出国和她老爹团聚去了，吴教授闲得无聊，索性拉着任京墨出来采风。

　　苏树荫看看日期，临近年关……这两人也真是闲……得慌。

小镇东侧，日照山中。

任京墨气喘吁吁地看着前面缩成一团的苏树荫，搞不明白这个女生怎么看起来娇弱得不行，爬起山来简直飞快。

苏树荫望着后面的任京墨，再看看前面已经快爬到山顶的吴教授，简直不能再嫌弃了。

这座山是整座小镇的最高处，登至山顶可以俯瞰整座小城。山上的妙法寺就是吴教授和任京墨来这里最重要的目的地。

等任京墨爬到山顶，苏树荫已经和吴教授进入寺庙里了。

这座唐朝年间兴建的妙法寺，寺壁上有残存的壁画，还有几卷清朝时遗留下来的经书。吴教授来就是为了这个，作为国内数一数二大学里的中文系教授，吴教授的精力大半放在教育学生上了，剩下的一小半便是对经书古籍的研究。

“苏树荫，你过来，把经书上这段话翻译一遍，我听听。”吴教授招手唤苏树荫近前。苏树荫看着那些繁体字，头皮发麻。

“教授，这个……我不太会翻啊。”

“不会？可是我记得上个学期你选修过我的汉语言文学。”

苏树荫低头，那几节课都赶在期末考前夕，自己虽然喜欢中文，可是还是课业要紧不是。吴教授望着苏树荫，摇头。

"苏树荫，我看过你在校报上发表的小说，笔力不丰……"苏树荫头低得更深了。

"但是情节动人。"吴教授回头望着苏树荫。

"苏树荫，一个可以写好文章的作家，一定要有强大的共情能力和对文字天生的敏感，这两点别人求不来，你却有。但是想要成为一个能被大众喜爱的作者，最缺的还是笔力。笔力这种东西，走不得捷径，必须靠日积月累的学习和写作获得，很多人一开始能做到，时间长了，却寥寥。我看开学的时候，校报每期都会有你的文章，可是时间长了，就没了。"

苏树荫望着吴教授，没想到自己的文章居然吴教授也有留意，还记得这么仔细。

"可是教授，我……我是经济学院的，我……能够学好经济已经很勉强了，实在没有信心再写好文章了。"

吴教授皱眉，望了苏树荫一眼准备离开。本来自己的研究生班要开了，这个苏树荫有天赋，还想给她个机会，可惜这小丫头不知珍惜。

任京墨倒在蒲团上，边捶腿边冷笑。

"苏树荫，估计是因为很多人对你说，学好经济才好就业，你才这样回吴教授的吧？"

苏树荫看了任京墨一眼，抬头，直视着吴教授回答道："是，现在中文难就业，吴教授，你也知道，我们学校的学习氛围有多紧张，我……还是算了。"

任京墨望着又低下头的苏树荫，走过去，这个女孩子，怎么那么喜欢把头低着？

"我说地上是有钱吗？别老低着头，我听吴苓说你经常在宿舍练字，过来，爷给你秀一手。"说完，任京墨顶着他那一头的可乐雪碧往屋外的沙地上走去。

苏树荫走出屋外，就看见任京墨像个小老头似的在那背着手站着，沙地上的字龙飞凤舞，却自成章法。苏树荫一脸诧异，只听说任京墨数理化厉害，没想到写的字也很好看。

任京墨一脸嘚瑟看着苏树荫："知道为什么你经济学不好吗？"

苏树荫摇头，这不明摆着嘛，和你这个全系第一比，怎样都是学得不好啊。

任京墨好像看出来苏树荫腹诽的是什么一样，狠狠地敲了下苏树荫的脑袋。看着苏树荫像只松鼠一样瞪着自己，莫名的心情愉悦。

"其实学好了中文，读起书来才能事半功倍，乃至于以后工作，你处理上下级邮件，像领导报告，甚至……写辞职信，都需要中文。"

任京墨望着低头的苏树荫，知道这个丫头脾气犟得很，肯定只听进去了一点。

"这样吧，我最近缺钱，我们去练摊怎么样？"

苏树荫疑惑地看着任京墨，他缺钱，那他脚上的阿迪是怎么回事？

任京墨感受到苏树荫的视线，心想自己真的是为吴阿姨伟大的教学事业，鞠躬尽瘁死而后已了。

临近除夕，小镇集市上人来人往。正是一年之中最热闹的时候。

苏树荫双手插袖子里，边走边跺脚。这个野鸡毛，大过年的又不缺钱，过来练摊写春联。真想回去，舒舒服服地往床上一坐，小瓜子一嗑，舒服又暖和。

练摊第一天，在首都吃顿饭都要好几百的任大探花，收入两块七毛钱，本来是三块钱，被大妈砍去了三毛钱。收摊回去的路上，买了把炒花生，至此任大探花第一天的练摊，勉强收支平衡。

苏树荫一路憋着笑将任京墨送回宿舍，本以为练摊这件事就此完结。没想到第二天，任京墨决定继续摆摊大业，至此苏树荫伟大的寒假，完结。

终于在两人都绝望的情况下，小镇迎来了一批游客。来自距离小镇三个小时车程以外的一座大城市。自此，任京墨的春联火爆异常。练摊最后一天，任京墨挣出了苏树荫下个学期的学费，还有多。

苏树荫坐在镇东头的豆腐坊里，烘着火桶，兴奋地把那一沓厚厚的毛票数了一遍又一遍。心想以任京墨的为人，和自己这么多天的效劳，一定会和自己五五分账。

然后就看见那只野鸡，一手抢过大半的毛票，学着自己刚刚的样子，也蹲在火桶前数了起来。任京墨余光扫着边上气鼓鼓的苏树荫，努力憋住笑。

"当初说好了啊，我写字，你吆喝，我六你四！"任京墨随意地将毛票放进他羽绒服的口袋里，这件始祖鸟的羽绒冲锋衣是他的最爱，这次千里迢迢也专门带了过来。

苏树荫望着任京墨，努力睁大眼睛说："是啊，肯定的，我又不是那种出尔反尔的人。"说完把她那叠明显少了一截的毛票，往自家老妈做的棉鞋里一塞，不放心似的还踩了两脚。

任京墨别扭地扯了扯羽绒服的领子说："你……你怎么这样收钱？"

苏树荫无辜，放慢语调："这里的人收毛票都是这样收的。"刚刚说完，一大叠毛票就扔回到面前，苏树荫眼睛一亮。

就看见任京墨了然且又高傲地站在那，脚踩着自己匀给他的粉色米老鼠拖鞋说："开学后，折成整票，支付宝打给我！"

苏树荫惨痛地望着一沓乱乱的毛票，无语。

晚上，苏树荫望着自己手机上多出来的一笔钱，突然觉得练好字除了可以不在同学面前丢脸，还可以赚钱，可是这种钱来得快，却不长久。自己毕业以后，在首都举目无亲，除了一张还算过得去的学历，到时应该怎么办？

吴教授和任京墨在此地的最后一晚，吴教授被小镇自酿的粮食酒给醉得晕头转向，颠三倒四地讲起段子来，然而即便醉酒，中文系老师的段子，等同讲课啊。

"苏树荫，你知道不，古时有个将军，打仗败多胜少，朝中多有不满，有次又打败仗，他的监军就上告朝廷，折子中写该将军屡战屡败，后来丞相怜其年高，将其改为屡败屡战，才使得将军逃过一劫。"吴教授摇摇晃晃地说完，星星眼看着苏树荫，希望她能够觉察到中文的奇妙，国学是多么的博大精深啊。

苏树荫撇嘴说："吴教授，那这个人打这么多败仗，还次次都能上阵，这个国家也太倒霉了吧。"

吴教授刚喝的小酒，现在气得差点全吐出来。

想当年自己看中任京墨的妈妈，想收为关门弟子，当时才研究生毕业的自己，三两句话就将其"拐骗"到手，现在还不是成为堂堂中文系一霸？怎么到了现在，就被个小姑娘呛成这样，人心不古啊，人心不古！

任京墨在一旁看着又开始模仿起酒仙的吴教授，只得摇头苦笑。吴教授这是在学校待得久了，现在就业形势这么严峻，尤其是像苏树荫这种家庭，怎么可能毫无后顾之忧地学习中文，不过……如果她能够读双学位的话，经济加上中文，她毕业后的前途只会比现在更好，绝对不会比现在差。

"苏树荫，你出来，我和你说件事。"说完，拉着苏树荫就往外走，可怜苏树荫手里还握着半只烤猪蹄呢，结果手上的油还没擦干净，就被人拽走了，不过自己什么时候和这只锦鸡这么熟了？

任京墨望着自己刚刚新换的羽绒服，一个娇小但是很醒目的手印，清楚而又招摇地印在自己雪白的羽绒服上，真是造孽啊！！！

"苏树荫，你给我洗干净！"任京墨望着自己的羽绒服，实在是……。

"任大探花，任才子，这不能怪我啊，是你那么急把我拉出来的，话说你到底有啥事找我啊？"苏树荫头一低，继续装鹌鹑。

任京墨发现这小丫头特别会扮猪吃老虎，还不熟的时候，轻声细语。现在呢？！

任京墨心想正事要紧："苏树荫，你想不想学两门专业？"

学两门？苏树荫从来都没有考虑过这个事，自己就一个人，学经济就已经很勉强了，再学一门专业？再说，最主要的还是自己还要做服务员挣生活费，多学一门，处处都是钱，不考虑。刚准备回绝，任京墨像知道她想什么似的，突然开口说："多学一门，你将来毕业绝对比你现在的前途要好得多。如果钱不够，我可以借你。"

苏树荫望着眼前这个比自己高了大半截的男子，深呼一口气，收敛性子道："多谢任大才子赏脸，居然还肯来接济我这么一个小穷人。可惜帝京居，大不易，我将来即便毕业恐怕也还不起任大才子的利钱，任才子在我身上投资，实在是瞎了眼。"说完不等任京墨回答，就一鼓气往家中跑去。

任京墨站在原地，越想越生气，在他二十年的生命里，还是第一次有人敢这样嘲讽他。

任京墨气呼呼地回到饭店，架起吴教授，定了隔天的飞机票，匆匆回到北京，决定自此再也不理这个恩将仇报、不知好歹的蠢丫头了。

苏树荫坐在家里冰冷的床板上，苏建国打麻将去了还没有回来，妈妈也早已经睡下了。她抱着膝，暗自后悔不该得罪了任京墨，可是又愤愤不已。

当初自己刚考上大学，县里的那个付老板就过来说要资助自己。妈妈以为是好事兴冲冲地就准备签字，幸亏自己多留了一个心眼，原来那个合同上说四年无偿资助自己，四年后却要收取超过银行一倍的利息。这分明是想把自己当摇钱树。本以为大地方的人不会这样，没想到堂堂特招生任大才子居然不放过这种生财之道。

可是自己太冲动，居然把他得罪了。这就是没有背景的人的悲哀，万事都要瞻前顾后委屈自己，如果将来自己出人头地，就不用像现在这样受尽屈辱，还要担心有没有惹火他人。

眨眼就是除夕当天，那天吴教授酒醒后就发现自己身在北京，听到任京墨说苏树荫最后还是没有答应转学中文，伤心之余决定去美国，和早已在美国待了一个月的吴苓团聚。

任京墨也在一张张的画稿中迎来了新年。是的，任大才子简直就是这个世界上的人民币玩家，除了精通数理化这样的本职专业，还对画画很有造诣。可惜让任爸任妈无奈的是，自家从小画尽湖光山色花鸟鱼虫的宝贝儿子，大了居然开始连载起漫画来了，实在是……有才华，有才华。

除夕当夜，任京墨从远在美国的吴苓那里套出了苏树荫那天那么恼火的原因，他赤脚站在自家铺满羊绒地毯的地板上，静静地看着盛大的烟花开满了天空，那件被苏树荫弄脏的羽绒服早已经丢进了垃圾桶。

可是，从自己去那个小镇开始，苏树荫就是万年的黑色羽绒衣，来来回回也是很多年前的款式。似乎冬天一到，那座小镇除了透骨的冷，就是耐脏的黑。

对于苏树荫而言，每一个决定，每一笔钱，都足以让她的生活动荡不安吧？

任京墨拿起手机，默默地点了发送。

彼时的苏树荫正是一年中心情最为愉悦欢畅的时候，这一天的苏建国终于从牌桌上下来了，妈妈也难得不用去卖鱼。

她站在家里的土灶前，帮妈妈生火，客厅里的苏建国在看电视，一家人难得聚首。

"树树，我妈叫我送年糕来啦。"柳又穿了一身大红色的新年衣服跳了进来，难得如此鲜艳的颜色穿在男孩身上不见娘气，只有阳光，像冬日里的暖阳一样。

"柳又你等会儿，我妈做了芋头丸子，你带点回去。"苏树荫把瓷碗接过来，匆忙往厨房走去。

柳又跟在后面，巴不得多看几眼，自从树树回来，自己就很少和她说话了，早知道就不介绍给她那份导游的工作了。

客厅里的手机突然响起。

"柳又帮我看下手机。"苏树荫在厨房喊。

柳又看见手机上的备注，任大锦鸡，是谁？其实聪慧如柳又，即便再粗心也能猜到，是树树学校里那个家境好、长得好的任京墨，树树什么时候和他这么熟悉了？

老式的翻盖手机里，是一句简短的话："开学后，有兼职，联系我。"

柳又看着端着芋头丸子出来的苏树荫，笑语嫣然，暗地里松了一口气，原来只是兼职。

二月初，苏树荫和柳又踏上回校的列车，两人的背包里、箱子里，全是柳母苏母装的家乡吃食，鼓鼓囊囊塞满了所有的空间。连苏建国都罕见地买了一碗豆腐花，用保温桶细细地装好，让苏树荫带在路上吃。

所谓独立，也不过是场与父母亲族渐行渐远的旅程罢了。

到了学校，苏树荫刚进宿舍，就看见本该搬走的纪愉坐在床铺上，旁边坐了一对夫妇，男人的脸上全是悲伤愤怒，女人则举着一双满是老茧的大手，指着纪愉不停地骂骂咧咧，纪愉看见苏树荫进来，难堪地把头扭向一边，女人看了，骂得更大声了。

那个男人看见有人进来，赶紧捅了捅身旁的女人，骂声这才止住。

苏树荫望着不停揪着被子的纪愉，突然想到幼年时的自己。

她走过去，拉起纪愉的手对那对夫妻说："叔叔，阿姨，辅导员叫我们去说点事，你们看……"

纪愉听了这话，暗地里松了口气，跟着苏树荫出了门。

校道上，纪愉低着头坐在长椅上，阴沉着声音问苏树荫："我男朋友的事，是你告诉辅导员的吧？说实话，你们是不是都看不起我？我上个学期把辅导员推倒住院，现在又要退学了，肯定有很多人嘲笑我吧？毕竟我不是本地人，要是吴苓的话，呵……"

苏树荫莫名其妙地看着纪愉，疑惑地问道："我为什么要看不起你？我和你又没仇没怨的，再说你男朋友那件事，我既然答应了你，自然不会告诉其他人。"

纪愉直勾勾地盯着苏树荫看了半晌，忽然笑眯眯地说："嗯……不是你就好，先不说了，我先去把我爸妈安顿好。"

纪愉一步一步朝校办走去，退学证明、父母责难。从什么时候开始，自己居然能走到这一步？

十六岁的纪愉是一中的佼佼者，可惜此一中并不是首都的一中，而是邻省一个三线城市的一中，每年都有家里有条件的学生会从这所中学转去首都，纪愉也想，可是一个电机厂的父亲和一个当保姆的母亲，怎么可能有能力将她送走。

年后，纪愉去上学，听说自己班上最后排的男生，靠着开公司的父亲转学去了那所举国闻名的大学的附中，回来拿自己在学校的书本。

"我说，留在这里有啥好的啊，知道我去的那个附中不？进去就等于一只脚迈进大学啦。像有些人拼死读书，考全校第一又怎么样，还不是要和几十万的人争一个名额？我们一个学校一个班就有好几个进去的呢。"说完，状似无意地扫了一眼正在收作业的纪愉。

纪愉握紧手中的课本，忍住想要把它砸在男孩脸上的想法。

啪，一声脆响，那个还坐在桌子上翘着二郎腿的男生，捂着手一脸不可置信地望着从门外走进来的男生。魏凯，一中的万年老二，常年屈居于纪愉之下，正笑嘻嘻地将地下滚动的篮球捡起来，对那个男生说："既然附中那么好，我们小地方就不接待您了。"

男孩望着周围不知何时已经离他越来越远的同学们，灰溜溜地拿起书走出班级。

纪愉抬起头，感激地望着魏凯，刚刚还威风凛凛的少年，却突然红了耳根，尴尬地将头扭到一边。

三年时光匆匆而过，纪愉和魏凯一直较劲着第一的宝座，不同的是他们已经谈了两年了。魏凯和纪愉约好，等考上那所举国闻名的大学就公布关系，然后在首都定居。

因为魏爸喜好买彩票，十几年的坚持，命运之神终于眷顾，他中的钱刚刚好可以买一栋首都的房子。

兑奖当天，魏爸兴冲冲地拿着彩票要去兑奖，可是单位事忙，只能让魏凯去。魏凯拉着纪愉的手走进兑奖点，可是那张幸运的彩票却怎么也找不见了，纪愉望着自己被刮破的口袋，后悔不已，可惜已经于事无补。

魏爸听到消息，大悲大喜之下，居然在正当壮年的时候，撒手人寰。

魏凯遭此打击，在两个月后的高考发挥失常，只考上首都的一个二本院校。魏凯将一切都怪罪到纪愉头上，从此在大学里声色犬马，而一切费用皆由纪愉负担，甚至因为此事，纪愉的妈妈已经和魏母不知打过多少回了。

可怜纪愉对魏凯又爱又惧，离不得，打不得，只能一天天地过下去。

苏树荫望着捂脸落泪的纪愉，刚进校时的那个纪愉，原来就已经不再是一尾快活的小鱼了，可还是要勉力支撑，其实她懂，出身越是糟糕的人，越是自尊心强烈，宁愿背地里吞尽苦水，也不愿意人前落后半分。

苏树荫安顿好纪愉后，买了点水果和稻香村的糕点，敲开了辅导员家的大门。

朱宁听着面前这个自己喜爱的学生静静地讲述有关纪愉的一切，其实上午的时候，纪爸纪妈就已经来过了。可是对于那对胡搅蛮缠的父母，朱宁实在疲于应付。能够从外省考进这所学校的学生，朱宁知道，那有多么不易。低头思考片刻后，朱宁点头同意苏树荫的提议。

次日，院长室里，朱宁选择原谅纪愉，并将主要责任归咎于自己当天言语过于激烈，院长最后做出的决定是，纪愉顶撞师长，记过一次，大学学分绩点到四分可消除。朱宁言辞失当，做会前检讨，扣发三个月的奖金。

纪愉扶着腿脚不好的父亲，听着母亲不停地唠叨，终于将他们送上舅舅派来的车里。苏树荫站在远处，静静伫立。

然而，正准备回宿舍的时候，就看见了自己面前的一头野鸡毛，不用想也知道是谁。苏树荫朝天翻了个白眼，打算快步逃离。

任京墨可不会放过她，逮了这个丫头好几天了，今天总算撞见，怎么会让她就这么走掉。惯与苏树荫贫嘴的任京墨深谙苏之死穴，直接开口："有个工资高的兼职，去不去？"

苏树荫望着任京墨，管他呢，有钱赚最好了，这样下个月就能打钱回家了，苏建国也不用整天纠缠着妈妈要钱。

市中心，苏树荫呆立在公司的落地窗前，看着窗外的故宫城墙，这到底是什么公司啊？任京墨还没有工作经验，居然就能找到这样高大上的兼职，果然同人不同命啊！

任京墨望着没见过世面样的苏树荫，回头狠狠地瞪了眼取笑她的前台，领着她到了自己的办公桌前。

"京墨，你上班啦？我先走了。"隔壁办公桌的同事，拍拍任京墨的肩膀，望了眼苏树荫。

苏树荫望着远去的男人，疑惑地问任京墨："为什么你才来上班，他就已经下班了？"

任京墨望着这个傻丫头，心想你总算聪明点了。任京墨一边用电子笔画着今天的初稿，一边回答道："这家公司就是这样，不管员工什么时候上下班，只要能够完成好工作就行了。"

　　苏树荫难以置信地望着任京墨，在她家，就算是镇里的镇长也要按时上下班，怎么这种大公司管理这么松？

　　任京墨看着一脸不认同的苏树荫，调了份工作表给苏树荫看，上面满满当当的都是任京墨一个星期的工作计划，上面都有公司考勤人员的标注。苏树荫这是人生中第一次接触到新型文化公司，新的管理模式，新的文化工作，新的一切。

　　任京墨望着好奇地看着电子笔的苏树荫，把笔递过去，教苏树荫用起来。这个下午，在北京，守着故宫初春的暖阳，苏树荫第一次觉得，文字不是无用的东西，它能创造出无数的财富，影响人的一生。

　　饭后，苏树荫和任京墨在后海散步，任京墨望着对什么都好奇的苏树荫，一脸奇怪地问："你来北京都半年了，怎么感觉你什么地方都没去过啊？"苏树荫望着前面，倔强地说："谁说我没逛过，我去过故宫啊。"

　　任京墨含着的汽水一口喷了出来："你说的是我们学校社团团建的那一次吧？"

　　苏树荫尴尬地望着前方，突然很想回学校。任京墨后悔地望着苏树荫，突然觉得很无奈，突然很想上前摸摸她的头，告诉她，没去过也没关系。以后还有十年、二十年、无数的光阴，她有无数的机会可以领略。

　　鬼使神差地，任京墨上前摸了摸苏树荫的头，望着回过头一脸不可置信的苏树荫，任京墨急忙把手收回，望着矮矮小小的苏树荫，突然想到：为什么要等十年、二十年，自己现在就可以带她去啊。

"苏树荫，你想不想去吃卤煮？"任京墨一脸期待地望着苏树荫，直把苏树荫看得在心中腹诽：这厮是不是疯癫了？

果然，任京墨拉着苏树荫的手，就在错综复杂的胡同里狂奔，直到跑到一家门口栽着柳树的小店门前才停下。苏树荫看着任京墨熟悉地和老板打了招呼，在拥挤的人群里，端着两碗卤煮，一步步朝自己走来，呆愣地立在原地。

"哎，吃啊！"任京墨叼着筷子，把一碗卤煮递到苏树荫跟前。两人蹲在大柳树下，哧溜哧溜地吃完一碗卤煮。

回去的路上，正赶上北京晚高峰，任京墨一直把苏树荫护在胸前，一直送到宿舍门口，才一脸傻笑地回了家。

苏树荫呢？则是一脸迷茫，觉得今天真的是太科幻了，这还是开学的时候那只高傲的锦鸡吗？分明就是黏人的小鸡崽啊。

校门口，苏树荫沉默半晌才问任京墨："纪愉男友那件事，是不是你告诉辅导员的？"

任京墨本来脸上带着笑，一脸星光熠熠，此刻就像被人兜头浇了一盆冷水似的，过了半晌才问道："怎么？你觉得我是那种人？"

苏树荫利索地摇头说："我们才认识半年，我也……"

　　任京墨冷笑一声打断她："苏树荫，既然你不确定，那我来告诉你，我不屑也不愿做这种事，既然你告诉了我你的决定，那么无论结果好或者坏，那就都是你自己的事，我没权利干预你的决定。"

　　"可是……那天你还愤愤不平地想要告诉辅导员啊！"苏树荫回道。

　　"是，我是不满，但是受害者是你，如果我想做什么，也是和你商量以后，确定过你的想法，我才会有所行动。苏树荫！话不投机半句多，我先走了。"说完，转身朝男生宿舍的方向走去。

　　回到宿舍，苏树荫累得瘫倒在椅子上，心情低落。

　　"哎？我的书呢？纪愉你们没去领书吗？"苏树荫疑惑地看着自己空荡荡的书桌，这是惯例，去年是自己去拿了整个宿舍的新书，今年就轮到纪愉她们去拿了。

　　"哦……书啊，我拿的时候刚好没有了，班长说，等有了再通知没拿的去拿。"纪愉坐在座位上，涂着口红，漫不经心地回道。

　　苏树荫看着纪愉书桌上已经整理好的新书，气呼呼地站了起来，可是转头看了看，李迎男事不关己，正悠闲自在地剪指甲。

　　一贯喜欢做老好人的吴苓，此时却塞着耳机在听歌。苏树荫一口气噎到半截，想了想又坐回椅子上，赶紧联系班长补书。

此后一个月，苏树荫依然照常学习经济学课程，只是对那晚的事只字不提。但她却加快了申请跨读中文的步伐，更是时常去拜访吴教授。吴教授对于这个突然回心转意的徒弟自是喜爱非常，对苏树荫的栽培比之当年的任母更是有过之而无不及。

但是让她奇怪的是，苏树荫这个丫头似乎突然很不想见到任京墨。只要任京墨来看自己，苏树荫保准过不了一会就会找借口离开。倒是自己的女儿，从小被自己宠坏了，对这个苏树荫却是一日好过一日。可怜的是任家那个小子，经常在自己和苏树荫谈话时站在一旁，吴教授转着笔，无奈地笑了笑，儿孙自有儿孙福，吴苓的路得自己走。

终于，在一个多月的申请后，自己的努力加上吴教授的首肯，学校破格允许苏树荫读两门专业。但条件是两门课的绩点都不能低于3.5。这对于苏树荫来说，已经算是个很好的结果了。她接到通知的第一件事就是打电话回家，告诉母亲，她的女儿有多优秀。

可惜，苏母对自家女儿不断蹦出的专业名词知之甚少，只在一旁不断地嘱咐苏树荫不要委屈自己，缺钱一定要告诉家里。难得的是苏建国居然也在一旁赞同不已，甚至表示已经有一个月没有打牌了，省下的钱可以寄一部分给苏树荫。

晚上，吴苓高兴地说，自己一直想组织宿舍聚餐，可惜前阵子她忙，今天无论如何要聚在一起吃顿饭。坐在座位上的苏树荫蜷缩起来，慢慢地玩着手机，纪愉看着边上已经兴奋地开始挑衣服的李迎男，无奈起身。

KTV里，苏树荫捂住耳朵，想听清楚吴苓在说什么，可惜旁边的男生突然嘶吼起了《青藏高原》，苏树荫脑袋嗡嗡乱叫，恨不得一拳头挥过去，让他去见高原。

吴苓也痛苦地捂着耳朵，坐在一旁。她本意只是想拉近和苏树荫的关系，即便她再狂妄，也察觉到今天的事已经让舍友都对自己不满了。何况这些日子她也看出来了，完全是任京墨的一厢情愿，苏树荫对他毫无感觉。甚至她时常听苏树荫有意无意地谈起家乡有个青梅竹马的"朋友"，也在首都读书，言辞中，一向冷漠淡然的苏树荫，语气中多了些少有的温暖闲适。当然，这些话她还原封不动地转达给了任京墨。

今天，她特意在出门前去了躺任家，给任爸任妈送去自己母亲做的糖耳朵后，告任京墨自己要请全宿舍的人聚餐，顺便和本校的一个男生宿舍联谊。看着坐在桌前低头不断画稿的任京墨，吴苓身心舒畅，连带着现在看苏树荫的眼光也友好起来。

这边的苏树荫和纪愉终于忍受完自认为是韩红第二的男生，掐着嗓子唱完的《青藏高原》，双双抢过话筒，决定今晚硬着头皮做个麦霸，毕竟自己唱得难听和听别人难听地唱，是两种截然相反的体验。

苏树荫举着话筒，决定来一首《鸿雁》，回赠刚刚的《青藏高原》。谁知道那个自认为韩红第二的眼镜男居然也会唱，她无奈地看着他拿起话筒，无语望天花板。

鸿雁天空上～对对排成行～眼镜男看着苏树荫，小家碧玉，仿若江南水柳。在无尽风沙里的首都，实在是自己的繁花四月天啊。

苏树荫心里狂翻白眼，觉得实在是忍不了了。悄悄地溜达出去，果断地让柳又来接自己提前离场。纪愉则是早就离场。

"喂？柳又？我和你说！我的申请通过了！通过了！而且……我拿到了我人生中的第一笔工资，今晚我请你吃酸菜鱼！"苏树荫假装高兴不已，然后拿着手机回头对吴苓说："我就先走啦，拜拜。"

坐在座位上的吴苓斜眼看着依旧在低头玩着手机，仿佛对周遭无知无觉似的任京墨，笑眯眯地抬头，对苏树荫挥手道："那好，那你路上注意安全啊。"

苏树荫笑着点头，转身急匆匆地朝门外走去。

第 三 章

　　柳又骑着辆小踏板，在KTV门口撑着腿等苏树荫。奈何初春的夜晚还是冷冽异常。苏树荫看着柳又被冻得通红的小鼻子，笑着说道："我说柳又，你不冷吗？在里面等我就行啦，干吗站风口上？"

　　平时难得害羞的柳又，此刻却支支吾吾地不肯回怼，只说道："坐上来吧，我带你去吃小笼包。"

　　苏树荫听到顿时来了精神，她打小就爱这一口，可惜北方的汤包和家乡的小笼包相去甚远。"快去！快去！我饿得不行了，那包厢里一股子烟味，我都快熏吐过去了。"说完抬高小短腿，飞快地爬上小踏板，两人朝老城区奔去。

　　KTV门口，石狮子后面。

　　任京墨双手插兜，静静地站着，首都的初春，竟然无一丝暖意。

第二天一早，没有课的苏树荫，在舍友都还在睡梦中的时候，早早开始起床洗漱。虽然公司管理松散，自己又是任京墨介绍来的，但到底路要自己走，活要自己干。

24路公交车晃晃悠悠到站，苏树荫刷卡进了办公区。

还好，人还都没来，苏树荫手脚麻利地把桌子都收拾好后，又拖了一遍地，才开始自己的工作。新人，总是从打杂开始干起，苏树荫将编辑早早就发来的文章都看了一遍，这是一家大型的文创公司，每天都有无数的来自全国各地的人投稿。

苏树荫快速地一篇篇浏览过去，等到全部看完已经中午了。

任京墨站在她身后，看见准备起身的苏树荫，快步走过去按住她说：“慢点起，不用那么快，否则你的身体受不了。”

苏树荫被按在座位上，仰头看着任京墨，惊讶地发现，跟随了任京墨一个学期的红蓝头不见踪影，取而代之的是本来的黑发。难得的乖巧文静。

“你在这里做什么？”任京墨沉声问道。

“看稿件啊，怎么了？”苏树荫站起来使劲捶了捶腰。

“不，我是问你，你早上来得那么早，是把保洁阿姨的活全干了吗？”任京墨跟着苏树荫往饭堂走去，眼睛看着苏树荫微微弯着的背，手指微动。

"早点来干点活嘛，我是新人。多干点活没错的。"苏树荫慢悠悠地回道。

"不需要你这么做，这里有的是人去打扫卫生，但绝对不是你，你要做的是把你自己的工作做好！"说完，任京墨握紧拳头，越过苏树荫朝前方走去。

徒留站在原地的苏树荫，手还下意识地敲着腰。

日子兜兜转转，光阴轮轮回回。

自那日后，苏树荫依然是第一个到公司上班的，只不过一来就开始工作，只要课业不重，她都会过来看稿件，渐渐地开始上手写，直到可以执笔一个专栏。

初夏，窗外嫩叶新鲜。

公司里，守着窗外朱红色的宫墙。任京墨和苏树荫双双接到了任务，要合作出一集有关历史小故事的漫画。

"现在国家很重视历史文化这块的宣传，这次的漫画如果反响不错，以后就能打开这方面的市场，对你们个人未来的发展也有很大的帮助，你们这几天费点心，尽快完成。"主编敲着刚刚发下来的文件，望着坐在任京墨旁边的苏树荫，怎么说呢？生涩、胆怯，缺乏实战经验，就像任何一个普通的女大学生一样，无法让人信赖，主编微不可见地摇了摇头，实在不明白为什么任京墨硬要和她一起完成这么重要的项目。

任京墨淡然地望着主编，眼神确定地点了点头，这让主编的心情稍微安定了下来。可是他旁边那个小姑娘，虽然故作冷静，可是眼睛里的震惊激动还是瞒不过这个职场白骨精。

主编皱眉，自己是不是要安排人进行备选项目？

任京墨望着重新审视的主编，知道光靠现在所说的一切，是无法让主编放心地将这次的项目交给他和苏树荫了，唯有拿出真正优秀的作品说话。

他拉起苏树荫走回办公区，苏树荫坐在办公桌前，看着又有两个人拿着自己刚刚领到的任务书进了主编的办公室，失落的心情不是没有的。她低下头，果然效益至上的地方，一切都要考虑成本，对于颜面和员工的心情来说，一切都没有业绩来得重要。

任京墨滑动椅子，到了苏树荫跟前，点了点苏树荫的脑门，让她抬头看自己。

"知道为什么主编这么快就选了后备人选吗？"任京墨望着苏树荫，眼神里是罕有的认真严肃。

苏树荫用胳膊虚环着自己，轻轻地摇了摇头。

"因为你无法让主编信任你，你是个职场新人，任何人力资源领导层看到你的第一眼，他们没有时间来研究你的内在，他们会直接通过一个人的外在，给人一个初步的定论。"任京墨缓缓地把苏树荫的手从胳膊上拉开。可是却舍不得放开，只能趁着苏树荫还在思考，缓缓地摩挲着她小巧精致却布满老茧的手。

摸着那些刺得人疼的老茧，任京墨心里却生不出一丝的嫌弃，唯有满溢出肺腑的心疼。自己想要放在手心里满心疼爱的姑娘，却吃了那么多苦。

所幸，苏树荫是聪明的，她略微一想，觉得任京墨说的对，人的外貌语言乃至肢体动作，都无形地传达着这个人的一切。

就像镇南头的吴老师，衣冠楚楚，去借钱，大半的人会给。而镇西的老李头，早早被勾兑的假酒败坏了身体，两只眼睛红得跟兔子似得，全身的衣服也是脏兮兮的。所以他借钱，敲一户，一户不开，敲一镇，一镇无人。

苏树荫想了想，慢慢地挺直了腰背，努力想让自己的眼神变得坚定随和。

可是，气场这个东西不是一朝一夕就可以完成的，哪怕腹有诗书气自华，但是也需要居移气，养移体。任京墨摇头，没办法，自己看中的丫头，只能自己教着了。

任京墨点点桌上的任务书说："不过最重要的还是实力，你好好看下任务书的要求，写好初稿以后，我们商量一下，然后我就开始准备画初稿。"

苏树荫点头，决定自己先回学校图书馆找些历史类的书籍，看一下有哪些适合改编。谁想到这一周来，课业突然调整，苏树荫两门专业的功课加起来更是格外多。

随着交稿日期的逼近，苏树荫草草选定了杜甫在草堂居住时的事情，结合现在网上被炒得火热的语文课本中杜甫被恶搞的小漫画，组成了一个杜甫穿越的小故事。

　　这天，苏树荫刚刚交完一个大课的作业，匆匆赶来公司，任京墨早已等在主编的办公室里，二人还没来得及沟通，就上交了苏树荫的初稿。

　　对面，主编的脸色越来越阴沉，最后把稿件往桌上一拍，面向苏树荫问："你知道这次项目的主题是什么吗？这种恶搞历史人物的事，只适合发生在网友交流里，苏树荫！你到底有没有认真做事？"

　　任京墨疑惑地望了一眼苏树荫，拿起稿件，一行行看下去，果然所有的情节设计都不符合项目方的要求，不仅如此，还逻辑混乱，简直……就是一堆废纸。

　　任京墨第一次对苏树荫如此失望，但是工作归工作，他及时制止主编继续发怒："主编，我想可能是苏树荫第一次工作，并不懂得如何更好地写文案，最后一次机会，希望主编能看看我写的，您也知道，从去年开始，我的业绩就一直是全公司第一。"

　　主编望着任京墨，缓缓地点了点头："好！最后一次！"

　　玻璃门外，苏树荫低着头，不敢直视面前的任京墨。

　　"任京墨，对不起，我……"

　　"不用说对不起，苏树荫你在公司和我的关系只有一种，那就是同事。这次项目你拖累了我，也搞砸了你自己，所以我不会给你收拾烂摊子，这次的稿子还是你来写，我只是用我过往的业绩争取一次机会。如果这次你还是写不好，还是乖乖地回去上学，做个乖乖学生好了。"任京墨说完，不待苏树荫回答，转身离去。徒留苏树荫呆愣地立在原地，这是第一次，任京墨对自己这么不留情面，冷硬决然。她看着手上被主编批得全是红字的稿子，第一次觉得，无论任何理由，工作就是责任，而不只是谋生的方式。

苏树荫接下来的一周，除了完成课业，都认认真真地泡在图书馆，除了查阅传统历史古籍上的记载，还查阅了众多可以考据的资料。

一周后，苏树荫坐在主编办公桌前，紧张的身体不自觉地向任京墨倾斜。任京墨察觉身旁的异样，这是第一次，苏树荫表现得想要亲近自己。任京墨低头，嘴角抑制不住地上扬，可惜这是公司。他挺起身子，轻轻咳嗽，提醒苏树荫。

果然，自小惯来在菜市场里卖鱼的苏树荫，很快地察觉到任京墨的意思，迅速挺直腰背，淡然从容地望着主编。

主编看了看手上的稿子，改编自可考据的历史记载，却在结尾放大了原先记载的事情。不媚俗却也有趣。

主编稍微满意地点了点头，苏树荫进公司以来，他头一回抬起头正视着苏树荫说："很好，果然是三十年河东三十年河西，莫欺少年穷。就用这个吧。京墨你回去就开始绘画吧，备用的稿子是用不上了。"

办公区，苏树荫端着咖啡，长呼出一口气，暗自庆幸自己逃过一劫。

一边的任京墨单手提起咖啡杯，细长的手指夹起刚刚泡好的牛奶，重新塞入苏树荫的手中。

"你是不是觉得任务完成了，万事大吉了？"任京墨望着窗外，抿了口刚刚从苏树荫手中拿来的咖啡。

苏树荫还没来得及惊讶，就被这句话问蒙了。难道任务完成了，不就是万事大吉了吗？其实她心里还有点小得意，毕竟这次这么短时间内，就能赶出不错的稿子，说到底也侧面证明了她的天赋。

任京墨看着苏树荫的神色就知道她还没懂。叹气，低头望着苏树荫：

"你觉得你这次出了这么大的问题，难道不需要反思自己，总结下工作中遇到的问题？"

苏树荫想了想，确实工作中遇到了很多问题，但这是第一次有人教她要在工作后总结，反思。她走回电脑桌前，重新将这几天的工作梳理了一遍，越梳理越清晰，反倒对今后的工作悟出了点章法来。

任京墨坐在一旁，看着光影重重里的苏树荫，眼神迷离。

"任京墨？任京墨？你在干吗呢？"苏树荫突然转头，

双手搭在任京墨的腿上，笑脸嫣然地望着他。任京墨的脸瞬间红了起来，大腿那块的酥麻感不断往上蔓延，及至脏腑，到达心房。任京墨慢慢地靠倒在椅背上，觉得自己浑身舒泰。

谁知道苏树荫居然身体前倾，俯身盯着自己。已经初春，苏树荫内搭了件V领的长袖，此刻前倾，风景尽收于任京墨眼底。

任京墨脸上的落霞红色终于蔓延到了耳朵根。

苏树荫正一脸震惊疑惑地望着他，这个任京墨不是傻了吧？都说天才和疯子之间只有一条线，这话好像还挺有道理的。刚刚一脸谜之微笑地盯着自己，过了一会儿又在那傻呵呵地笑出了声。

此时的任京墨也反应过来，自己这是……咳咳，他假装咳嗽了两声，找了个借口就向门外急步走去。

晚上，纪愉被魏凯约出来吃饭。这段时间的魏凯也许是碰壁碰多了，居然开始朝好的方向发展。魏凯倒了一杯茶递给纪愉说："小愉，我知道你胃不好，那个冰可乐就别喝了，来！喝这个茶。"

纪愉接过茶杯，细细地摩挲着杯沿，有多久了，他不曾像这样待自己。

魏凯望着对面沉思的纪愉，知道自己做对了，这个傻蛋果然还是和以前一样的好骗。

"小愉，我现在觉得我以前太糊涂了，害你吃了这么多苦。其实仔细想想当初的事也不能全怪你，如果我再仔细一点，小心一点，也就不会出这样的事情了。你……愿不愿意给我个机会？我们……重新开始，我努力学习，好好工作。将来，我们迟早能在这座城市买得起一栋房的。"魏凯边说，边轻轻地把纪愉的手牵起来，努力让自己深情地望着纪愉。

可惜，常年的昼夜颠倒，烟酒无度，早已经将魏凯的身子掏空。萦绕着眼眶的黑眼圈，和还残留在脸上没有洗干净的眼屎，已经不复当年那个青葱少年。纪愉望着这样的他，早已经无法心生爱慕。可是想到当初，要不是自己的粗心大意，又怎么会让他颓废至此，因而满心都是愧疚。至于他说的什么要发奋图强的话，这些年都不知道说了多少次了，起初自己还会充满期待，时间久了，唯剩无奈与绝望。

纪愉低着头，默默地将手抽了回去，低声说："魏凯，我相信你，你以前那么聪明，现在肯定能够重新振作起来的。你要有啥事，和我说，我一定尽力帮你。"

魏凯等的就是纪愉的这句话，他立马想向她开口要钱，可是想到数目，再看看刚刚纪愉眼里一闪而过的嫌弃，魏凯把快要说出口的话又咽回了肚子里，转而笑嘻嘻地问纪愉："小愉，你想出去玩不？我带你出去旅游！我最近出去兼职，赚了点钱。"

"不用了，魏凯，赚钱不容易，你把钱存起来，寄给你妈妈吧。"纪愉不想再看见魏凯嬉皮笑脸的样子，从包里拿出这几个月自己攒下来的三千块钱，放在桌上。随后找了个借口匆匆离去。她没看见，魏凯在她走后，神色鄙夷地朝她离去的方向吐了口痰，然后喜滋滋地点起钱来。

另一边，宿舍里。因为恰逢周末，吴苓回家了，宿舍里只剩下苏树荫和李迎男。李迎男在床上睡到十二点才起来，正打算泡碗泡面填饱肚子，就看见从外面回来的苏树荫。因为苏树荫平素在宿舍最是低调、好说话，对于自小被家人捧在手心里的李迎男来说，是最好相处的舍友了。所以平素李迎男最喜欢黏着苏树荫。

今天也不例外，她好不容易看见有空闲时间的苏树荫，想想现在又到了换季的时候了，又没衣服穿了，就想叫苏树荫陪着她去购物。

虽然，苏树荫的衣橱里已经有大半的空间都让给李迎男放衣服，但是，自己也是个女孩子，整天两套衣服打天下也不太好。想到这，苏树荫点头答应了李迎男。等李迎男梳妆打扮好以后，已经过去一个多钟头了，苏树荫等得昏昏欲睡，心想总算出发了。

路上，苏树荫掏出乘车卡，走向公交站台，结果李迎男顺手就在路边拦了辆的士，坐了上去。苏树荫无奈，也跟着坐了进去。

"师傅，去国际城！"李迎男往椅背上一靠，玩起了游戏。

苏树荫坐在她边上，仰天长叹，钱包必定不保啊！不过这几个月下来，自己的工资已经涨了很多，除了寄回家补贴给妈妈的，剩余的钱和普通的打工族相比也差不到哪去。是时候给自己买点好的了，省得两套运动装来回换。

等到了国际城，李迎男装作不知道一样直接下了车。苏树荫望着坐在驾驶座等着收钱的司机，苦笑着掏出钱包。就知道会是这样。

李迎男挎着她上周新买的包，两千块钱的小羊皮包，虽然比不过大牌，但在学生眼里已是比较贵的了。过了一会儿，李迎男假装看手机，余光看见苏树荫把钱付了，赶紧笑眯眯地搂着走过来的苏树荫的胳膊，往商场里走去。

专柜前，李迎男伸长了脖子，怼着被擦拭得锃亮的化妆镜，一笔笔画自己的眉毛。可惜她天生黑皮，不及苏树荫水乡女子，生就皮肤白嫩。所以等到那边的营业员给苏树荫化好妆后，一片赞叹声中，周围的几个客户也跟着买了同色号的口红。

李迎男望着被喜滋滋的营业员送了一大堆小样的苏树荫，气得心肝肺都移了位。把眉笔狠狠地一摔，眉笔撞在化妆台上应声而断，李迎男这才解气。可惜这里不是她家那个可以任她为所欲为的小山村，而是在首都。等到保安赶来，李迎男不敢瞪苏树荫，只能狠狠地瞪了几眼营业员，随意甩下几张百元钞，扭身就走。

　　另一边，苏树荫站在柜台一侧，看着李迎男又闹起了公主脾气，赶紧将自己要买的化妆品买好，出了店门。等到走出店外，看见李迎男又想不管不顾地冲自己发火，苏树荫笑眯眯地说："迎男，我听说你的马哲马上就要补考了？学校说起来也挺不好的，这次没过，你就要延缓毕业了。"望着李迎男因为怒气和忧虑扭曲了的脸颊，苏树荫又不急不缓地说："我那正好还有我去年考的马哲笔记，回去我就给你。"

　　李迎男知道，苏树荫去年是全系马哲最高分，这可是光背死书考不到的分数，她望着比刚上大学时已经变化不小的苏树荫，缓缓点了点头，其实能考上这所大学的谁又是蠢人呢？只不过是在有些不必要的场合，遇到一些于自己无碍的人，无须压抑自己原本的性子罢了。

　　苏树荫看着身旁消停下来的李迎男，觉得自己真是委实不易啊，什么情同姐妹舍友情，还是消消停停好些。

　　苏树荫和李迎男又逛了一会儿，就到了中午。苏树荫和李迎男找了个地方吃饭，等菜的时候，李迎男望着对面安静吃饭的苏树荫，想到刚刚在专柜眼睛都不眨一下就买了化妆品的苏树荫，再看看她上个学期来回换的运动装。李迎男心里不免异样，要是现在在她面前美丽安静的是吴芩的话，她会觉得理所当然。但是这样出场的苏树荫，不免让她心里膈应不已。

　　李迎男坐在座位上，眼睛骨碌碌不停地转："哎呀，真烦！"李迎男把餐巾纸往桌上一丢。还在喝果汁的苏树荫把果汁咽下去，问道："怎么了？"

对面的李迎男故作烦忧地说："还不是我爸，又在我们家山上开了个砖厂，都让他别开了，钱够用就好，整座山都被挖平了呢。"说完，又掩不住嘴角的笑意，将手往前一伸，只见李迎男的右手上戴着一条金闪闪的黄金链子，够粗！够重！衬着她巧克力色的皮肤，绝对是一眼富贵。

苏树荫急急忙忙把果汁喝完，觉得自己再和李迎男这样待下去，要么是自己揍她，要么是被她气死。为了友好和善的舍友情，自己还是赶紧走吧。

"迎男，我突然想到还有事，我就先走了哈，你慢慢吃，这顿我请了。"苏树荫迫不及待拿起自己的小背包就想走。

"有事，有啥事啊？我可是难得有空出来玩的。"李迎男把嘴一撇，顿时不乐意起来。

苏树荫两难之际，正好想到昨天柳又和她说，要去旧货市场淘家具，赶紧回说："柳又啊，他有事一个人忙不过来，这不昨天就和我约好了，我今天本来要去帮他的，这不先陪你逛好街，才要去找他呢。"

李迎男听完，这才满意，放了苏树荫离开，百无聊赖地叫了她校外的小姐妹过来玩。

苏树荫坐在公交车上，和柳又约好了碰面的地点，放松身子靠在椅背上，想先列下待会要淘货的清单。结果公交车到了上车人最多的一站，一拨拨的人朝苏树荫所在的座位方向挤过来，苏树荫缩在座位里，尽量给其他人让出一点空间。就在这时，一位老人家被人潮推着挪到了这边。

苏树荫看看周围，前面的小哥在打游戏，后面的妹妹在化美妆。苏树荫起身，将位置让给老人，贴着扶手站了半路。

半个小时后，苏树荫终于到达目的地，踉踉跄跄下了车，站在原地，苏树荫使劲跺了跺自己发麻的脚，准备去和柳又碰面。

就在这时，一个骑着摩托车的骑手飞驰而来，把苏树荫斜挎在肩上的包一拽，飞速驶离现场。

苏树荫被带着坐倒在地，手上脚上都是擦伤。柳又拿着两瓶水一路走来，就看见被人群围在中间的苏树荫。柳又狂奔过来，轻轻地扶起苏树荫，把苏树荫新买的四散在地的化妆品和衣服一样样捡起来。平常只坐公交的柳又，招手拦了辆出租车，把还在蒙蒙状态的苏树荫送进车里，自己整理好所有东西才随后坐上去。

一路上，柳又紧紧地握着苏树荫的手，冷静地打电话给110，告诉他们刚刚发生的事情。又向苏树荫的辅导员将刚刚的事报备了一遍，帮苏树荫请好假。

到了医院，苏树荫被柳又半搀半扶着去了处置室，直到清洁球擦过伤口，清凉又刺痛的感觉才让苏树荫回过神来。

　　她抬头，看着站在一边，刚刚还冷静地处理事情的柳又，此刻正仰头跌坐在冷冰冰的靠椅上，两手撑着扶手，微微有点发抖。

　　苏树荫坐在木椅上，后面靠着柳又向护士要的小靠枕，突然觉得鼻头一酸，有多久了？自己没有被这样照顾。

　　外面光影斑驳，苏树荫被阳光照得暖融融的，看着一旁的柳又睡得酣甜，苏树荫也慢慢地将头歪向一边，这异乡的初夏，倒是真的要来了。

　　学校里，任京墨坐在辅导员的办公室里，准备和辅导员商量一下即将到来的校庆应该怎么安排。就听见一旁苏树荫班上的朱辅导员在接电话，他放慢了手上的事，才听到，苏树荫被抢包了，还受伤了。

　　正准备和任京墨说自己构思的辅导员，就看见任京墨猛地起身，朝门外奔去。独留下两位辅导员，手里拿着刚刚切好的西瓜，凌乱在风中。

　　纪愉也早一步得到消息，到达了医院。

　　"你是树树的舍友吧？你好，我叫柳又！"柳又笑眯眯地看着纪愉，自我介绍道。

　　纪愉打量了下柳又，这就是苏树荫那个青梅竹马？长得倒是不赖。

　　"你好，我叫纪愉。"纪愉点头，起身越过柳又，朝苏树荫走去。

苏树荫坐在床上，诧异地看着纪愉问道："你……怎么会来？"

纪愉将包放在床头，一屁股坐了下来，气喘吁吁地说："哎哟我去，怎么？我还不能来啦？"

"不是……上个学期……"

"不用说，不用说，我知道你后来特地为了我这事去和朱辅导员求情，还特意说不追究，我都知道……"纪愉笑着打断苏树荫的话，喉间却哽咽难言。

纪愉深吸一口气说："我知道，造成现在这种结果，都是我咎由自取，可是有时候想想……人总是一直在自己为难自己。"

医院里，小眯了一会的苏树荫醒来，看见纪愉靠在床边睡着了，她动了动腿觉得刚刚的伤口已经不再流血了，就站了起来走到纪愉身边，架起她的两只胳膊，想把她放倒在旁边的小床上。

结果，刚把纪愉放倒在床上，苏树荫整个人就腾空而起。

任京墨望着怀里的苏树荫，确定她没有什么重伤，一路上提着的心这才放下。正准备放下苏树荫的任京墨，被怀里反应过来的苏树荫狠狠地甩了一巴掌，任京墨也火了，枉自己这么担心她，居然还打自己！任京墨把手一松，将苏树荫往床上一丢。

"你这个蠢猪，还敢打我？！自己一个人走路干吗？不知道小心一点吗？"任京墨捂着脸，瞪着从床上坐起来的苏树荫。

"你以为我愿意被抢劫啊？一个人走怎么啦？我又不是大小姐，没得资本让人到处陪我。"苏树荫头一扭，不想和他说话，语气中的酸涩之味却逐渐蔓延开来。

任京墨也知道，自己说的是气话，看着气得都要冒烟了的苏树荫，他脑子一空低头就吻了上去。苏树荫刚要张口，就被任京墨堵住了嘴，这个时节的首都，初夏微热，空气四散着新叶香。任京墨缓缓地起身，盯着苏树荫："我……你……"本来在心里反复了千百遍的话，到了嘴边却怎么也说不出口，任京墨深呼出一口气。

苏树荫从任京墨抬起身的那一刻，就一直低着头，等到听见任京墨开口，苏树荫猛地抬起头，止住任京墨要继续说下去的话："任京墨！我腿好痛，刚刚连晚饭都没有吃。"

任京墨望着苏树荫腿上的伤，暗暗叹了口气，现在这种场合也确实不适合将自己的心意说出来。

任京墨盯着苏树荫，心里腾出一股异样的不适感，勉强笑了一下："好，那我去给你买晚饭。"

"嗯，谢谢你，我要……"

"皮蛋瘦肉粥，我知道。"任京墨打断她，急忙转身离去，却没有看见刚刚还强装镇定的苏树荫，在他离开的一瞬，无奈、悲伤就整个都溢满了她才19岁的脸庞。

第 四 章

　　一旁，躺在小床上的纪愉其实在任京墨进来的时候就已经醒了，等到听到脚步声远去，她缓缓地坐起来，望着对面病床上的苏树荫，叹了口气。纪愉起身走过去，掏出纸巾，慢慢地将苏树荫脸颊上的泪珠拭去。

　　其实纪愉很不解，任京墨啊！那个高傲、优秀的任大探花，居然会向一个女生表白，可是苏树荫刚刚明显就是不想答应任京墨。

　　看着呆呆地望着窗外的苏树荫，纪愉终于忍不住问了出来："你……为什么刚刚要那样？明明不是不喜欢的啊。"

　　苏树荫把鞋子脱了，躺倒在床上，拍拍旁边的空位，示意纪愉也躺上来。两人肩并着肩，头碰着头，躺在医院这个小小的角落里，这一方天地，这一刻只属于她们两个。

苏树荫抵着纪愉的头问她："纪愉，你现在还爱魏凯吗？"

纪愉想想现在的魏凯，上次见他是什么时候？那次吃饭吧？曾经的清秀少年，坐在自己对面，眼里是熬夜后的浑浊掺杂着数不尽的恶心欲望，混着他那一堆没有洗净的眼屎，那一刻，纪愉宁愿此生从未在魏凯年少时遇见他，这样接受现在的他就会变得轻松很多。

苏树荫看着长久不语的纪愉，苦笑道："那你爱曾经的魏凯吗？"还陷在前一个问题中的纪愉，下意识地回答："爱！"

苏树荫默默地望着纪愉，那一瞬间，互相明白、互相体谅。

苏树荫望着被刷得雪白的天花板，不同于家乡医院斑驳的老墙面，首都的一切都是新的，它不允许人停留，没有实力的旧人，只能灰溜溜地回到家乡。

"我知道任京墨对我很好，一个北京人，还是个家世不错、长得还好看的最高学府的学霸，我承认我很心动，可是纪愉……我苏树荫不想低就任何一个人，但……我也不想高攀任何一个，我只想和将来能牵起我的手与我共度一生的人，势均力敌，风雨同舟。"苏树荫说完，起身穿鞋，纪愉望着已经站在地上的苏树荫，笑了起来，这么多年来第一次有人对自己说心中所想。

"苏树荫，你以后就叫我鲫鱼吧。我妈妈生我的时候特别爱吃鲫鱼，所以给我起了个小名叫鲫鱼。"纪愉将东西都收拾好，牵起苏树荫的手，两人朝外面走去。苏树荫与纪愉相识以来，第一次听到纪愉有这么个小名，纪愉平常因为家里的事，总是与人既不亲近，也不远离，就像曾经的自己，没有目标与依仗，只能强撑着维持自己的自尊。

路上，苏树荫突然小声说："那你以后叫我树树吧，我妈在家里就叫我树树。"

纪愉回头，与苏树荫相视一笑。

一个星期后，苏树荫完成了与任京墨的最后一项合作后，就开始故意疏远起任京墨，聪慧如任京墨，怎能不明白苏树荫的意思。可是天之骄子第一次体味失败的味道，怎么可能轻易放弃？

校道上，苏树荫刚刚从教学楼走出来，满脑子都是刚刚的数据分析模型，就看见任京墨一脸怒气堵在自己面前。

"苏树荫！我知道那天摔你是我的不对，可是我很担心你，也很……"

"任京墨！我知道你要说什么，那天我打断你，是不想我们彼此难堪，我们……还是做朋友比较好。"憋在心中那么久的话，终于说了出来，苏树荫嘴上一松，心里却揪得不行。

任京墨难以置信地望着苏树荫，原来人人都爱的任京墨，也得不到最喜欢人的喜爱，他看着白嫩娇小的苏树荫，苦笑不已："我知道，我知道！你喜欢柳又那种大傻粗！"

苏树荫这辈子最是护短，听到任京墨这么说自己的发小，顿时怒不可遏，也不管不顾起来，直接抬起脚往任京墨腿上一踹，转身就飞奔回宿舍。

任京墨捂着脚蹲在原地，气得肺都要炸了，结果气着气着又笑出了声，一直和自己相处得像隔了一层纱的苏树荫，居然开始不管不顾地打自己了。

喜欢柳又又如何，迟早……迟早！苏树荫的眼里只会有任京墨。不过在这一天到来之前，自己还是先去校医室吧。

校门口，纪愉拿着手机，东张西望地找着。这个魏凯最近不知道怎么回事，有段时间突然销声匿迹，听在首都读书的高中同学说前几天看见魏凯在肯德基打工，纪愉只是不信，肯定是看错了。今天魏凯突然约自己，纪愉捏紧手里的钱包，里面有张卡，存着自己这个月的生活费，她叹口气只当自己这辈子是来还债的了。

魏凯急急忙忙赶过来，老远就看见了等在校门口的纪愉，他抬头看了眼校门，朱红色的大漆招牌自民国起便闻名全国，本来自己也可以在这里读书，从容淡定地抱着书本和这些人一样，走过校道，语气淡淡地说着，哪个国奖要发了，哪位老师获得了长江学者的荣誉，想到此魏凯嫌恶地掸了掸自己身上穿的肯德基员工服，努力调整好自己的表情向纪愉走去。

"鲫鱼，我来啦。"魏凯小跑到纪愉面前，脸上挂着阳光的微笑。纪愉回头看见这样的魏凯不免愣了一下。

"魏凯，你……这是？"纪愉惊讶地望着魏凯问道。

"鲫鱼，我以前做错了，我想改正，我们重新来过好吗？"魏凯牵起纪愉的手，轻轻握住。纪愉满心疑惑地望着现在的魏凯，不知道该怎么向他解释，自己于他，仅存的一点爱意，也是淹没在时光里的那个少年魏凯，而不是现在这个穿着油污，胡子不刮的社会魏凯，纪愉下意识地以时光为界，将魏凯一分为二。

魏凯本来自信满满，只要自己这个样子，纪愉必然会对自己重新燃起曾经的情谊。可是看着纪愉的反应，他的心不断地往下沉。魏凯眼里闪过一丝阴霾，他望着还似高中模样的青春美貌的纪愉，眼里又重新溢满笑意。

"鲫鱼，你先别急着答复我，我先带你去一个地方。"魏凯含笑望着纪愉，打断她要拒绝自己的话，拽起纪愉的手就往马路边走去。纪愉被魏凯带得一跟跄，她随着魏凯的脚步，一步步跟随着往外走。

公交车上，难得今天人少，魏凯快步拉着纪愉朝后方的位置走去。摇摇晃晃间，纪愉被魏凯塞进靠窗的位置，刚坐下魏凯就顺手将纪愉放在大腿上的背包拿过来，放在自己腿上。

　　纪愉愣愣地看着一旁被车窗外的阳光照着的魏凯，细细的阳光将魏凯脸庞的绒毛都照得温柔悠远。

　　高一军训，刚刚考入省一中的纪愉，简直给老妈老爸狠狠长了一次脸。纪愉满面春风地走在校园里，身上穿着新发的军训衣服，深绿色的短衫将纪愉的腰勾勒得纤细柔软，宛若迎风摇摆的细杨柳。彼时，魏凯也是意气风发地走在校园里，一旁的魏爸拎着行李箱，跟在双手插兜的魏凯后面，望着偌大的校园，脸上的皱纹笑得都能夹死一只苍蝇了。

　　"凯凯啊，进了学校记得要好好读书，认真学习啊，不要东玩西闹的。这考上一中就等于一只脚踏入了大学的门，但是你不能懈怠，要给咱老魏家争光！"魏爸把手往魏凯肩膀上一搭，跟着往宿舍楼走去。

　　前面的魏凯翻了个白眼，自家这个老爸啥都好，就是话多。老妈每次都讲他，作为一个男人要沉稳低调。可是……唉，就当是个梦想吧。脑袋里这么想着，一旁又一直是老爹嗡嗡不断的唠叨，魏凯灵机一动，回头对魏爸说："爸，我想起来还有军训服没有领，我先去领啊。"

　　说完，不待魏爸回答，魏凯一溜烟跑了。

　　一路上魏凯都跟着人流往前走，心里想着这个时间段肯定都是往操场去散步的老生或者去拿军装的新生，谁知道越跟着往前走，人越多。九月初，夏未尽，魏凯望着前方越来越多的人，眉头一皱决定绕道去操场。他心里想，反正一中初建就是个大圆圈，自己反方向去，就能从后门进操场了。一边想着，魏凯的脚步一转，朝曲径幽深的小路走去，一路上都是高大的法国梧桐夹着竹香，韵韵悠悠的。

小径上的纪愉走着走着觉得自己腰间一松，低下头一看原来是裤带松了。军训特点，衣服质量都比较堪忧。纪愉望着前后无人的小径，躲到一旁一棵法国梧桐下，将裤子一脱，准备用发卡固定住裤头前方的扣子，好歹让自己撑到回到宿舍。

纪愉刚把裤子脱到脚底，就听见身后窸窸窣窣的声音，一回头就看见了呆呆站在那里的魏凯。

魏凯叼着根草茎，本来自己只是听见树边有声音，好奇地走过来看，结果……

纪愉的两条腿又细又长，白嫩得像早晨新磨出来的水豆腐，夏末的阳光日盛，刺得魏凯眼睛疼。纪愉望着还呆呆地站在那的魏凯，更加羞愤难当，气得拿着手边的袋子就砸了过去。

没想到魏凯傻呆呆的竟也不知道躲，被砸得眼角出血。纪愉望着魏凯脸上的血，吓了一跳，这回是有理也变成没理了。她摸摸口袋，把自己老妈备的创可贴拿过来，向魏凯递过去。魏凯看着前方有只白嫩细小的手，手上拿着一片创可贴，心不甘情不愿地望着自己。

魏凯小霸王的脾气也犯起来了，捂着伤口对纪愉说：

"喂，我也不知道你在换裤子，又不是故意偷看的，你这下手也太狠了吧！"

纪愉看着还在不断渗血的伤口，也觉得自己是小题大做了点，没准当时他什么也没看清呢！纪愉抬起头望着魏凯，拉起魏凯的手就把他拖到了路边的小板凳上。

魏凯捂着伤口，就看见这个把自己打得不轻的丫头突然又抬起了手，顿时吓得往后一仰。纪愉看见了一把把魏凯拽回来，然后用自己带着的湿巾轻轻地把魏凯伤口四周擦了一遍，再把创可贴小心地按压在上面，正午的阳光透过梧桐树叶四散进来，十五岁的魏凯脸上婴儿肥未退，下巴上却起了淡青色的胡茬，混合着被光照得分毫必见的细绒毛，正是一生中最好的年纪。

"鲫鱼？鲫鱼！你怎么了？"魏凯拍了拍纪愉的肩膀，将她从回忆中唤醒。纪愉望着魏凯，突然轻声说："我刚刚……觉得回到了高中开学的那天。"魏凯正在不耐烦，突然听到纪愉这么说，也是一愣。

"哦，是吗，真是难为你还记得。"魏凯把手收了回来，双手环绕在胸前，心里却想可是我却希望永远不会记得。

终于，在魏凯与纪愉两相沉默之际，公交到了站。纪愉下了车才看到，原来魏凯带自己来的是这里。

一旁的魏凯掏出早在网上买好的电子票，笑着拉纪愉进了景点。脚步熟练地带着纪愉来回转悠，其实不用他带着，纪愉也知道怎么走，哪怕她一次也未曾来过。

　　因为这个景点的地图，被她藏在高中的日记本里，数年光阴，纸页泛黄。

　　"鲫鱼，我高一的时候咱们俩就约好来这玩，没想到到了今天咱们才真的到了这。我以前就来过了，可惜那时候我糊涂，直到现在才想起来兑现诺言。对了！前面是鳄鱼池，我带你去看鳄鱼！"魏凯拉着纪愉的手，避过人群，一步步往鳄鱼池走去。

　　这一天，纪愉被魏凯带着走遍了这个景点大大小小的每一处角落。

　　傍晚，魏凯才兴致冲冲地把纪愉放开，纪愉望着手上的手表，这个点肯定是没车回去了，这边又地处偏僻，恐怕连打车都没得打。

　　魏凯在一旁，了然地看着已经空无一人的公交站台，对纪愉无奈地说道："鲫鱼，都怪我，拉着你玩了这么久，现在没法回去了。"

　　纪愉摇头："也怪不得你，算了，我们就近找家宾馆住吧。"

　　魏凯无奈点头，二人在景区外逛了一圈，勉强住进了一家看起来干净整洁的宾馆。

　　"开两间房！"纪愉说着准备翻出钱包来，可谁知在背包里掏了半天也没有找到，一旁的魏凯也惊叫一声："啊！我的钱包也没了。"二人对视了一眼，不用想，肯定是在看鳄鱼的时候被人偷走了。最后两个人东拼西凑，凑出了一间房的费用，还好魏凯将身份证放在内口袋里，否则今晚就要露宿街头了。

房间里，纪愉把背包一扔，躺倒在靠窗一侧的小床上。魏凯看着已经累得不行的纪愉，突然自己放在口袋里的手机嘟嘟嘟震动了起来。魏凯赶紧将自己的背包放在茶几上，对着纪愉说："鲫鱼，你好好休息，我去买点饭。"

躺在床上的纪愉迷迷糊糊应了一声。魏凯轻轻地将门带上，想了想又将唯一一张房卡拔了下来，塞进裤兜。

宾馆外的小巷子里，魏凯被一脚踹翻在地，曾经在同学面前炫富夸耀的魏凯谄媚地抱住对方的腿，笑嘻嘻地说："老板，老板，再等一天，过了今晚我就把钱还上了。"

追债的人低头看着缩在地上好似虾米的魏凯，眉头一皱蹲下身子："小子，不是我们不讲道理，你都欠了我们多少钱了？这拖来拖去都一年多了。我们也是要吃饭的啊！"

魏凯捂住自己已经痛得要绞在一起的肚子，对着对面的大肚子男不断磕头："老板，就一晚，最后一晚！"

大肚子男看着他不断地磕头，嫌弃地往地上吐了口唾沫说："鬼知道是不是最后一晚，你小子要是跑了怎么办？"

魏凯想了想，掏出自己的身份证说："我把身份证押给你们，这样行不行？没了身份证我哪都去不了。"

大肚子男接过身份证，前后看了看，轻轻点头："好，最后一次，明早你要再不还钱，我们就闹到你家去！"

原来早在一年前，魏凯就被同学带着迷上了赌博。这种赌博盛行在网上，手机就可以操作，绑定好微信以后就可以直播。魏凯这一年前前后后已经欠了很多钱了，前几个月平台根据支付信息找到了他，让他还钱。魏凯走投无路的情况下，看见了在学生食堂发传单的借贷广告，看着上面的信息，魏凯心生一计。

回到宾馆里，纪愉已经喝了茶几上自己放的水，昏睡了过去。魏凯望着窗外闪闪烁烁的车灯，急忙跑过去将窗帘拉上。回身顺势坐倒在床沿，魏凯看了看时间，手中抖着将纪愉的衣服一件件脱下，雪白的上衣，粉色的胸衣及至包裹着纪愉白嫩双腿的牛仔裤，终于都一件件脱了下来。

魏凯望着躺在床上的纪愉，咽口唾沫但是还没忘记办正事。掏出手机，将纪愉的身份证从手机壳里抽了出来，放在纪愉胸前。咔嚓几张，魏凯不敢多拍，赶紧上传到借贷平台客服那里。不过几分钟，魏凯跟着客服一步步操作，贷到了一笔几万块的钱。

随着"叮咚"一声，钱打进了支付宝，魏凯迅速地转给刚刚那个大肚子男，大肚子男收到钱后笑嘻嘻地回了个"么么哒"的表情。

魏凯心下一松，双腿发软瘫在地毯上，事情终于解决了。

魏凯望着床上还在沉睡的纪愉，念头生起。

"请问有人吗？"门外，服务员突然敲门，魏凯手忙脚乱地将被子给纪愉盖上，跑去开门。

"干什么？"魏凯不耐烦地开了门，服务员拿着一盒盒饭回道："刚刚和你一起来的女的点了盒饭，我给送上来。"

魏凯把盒饭接过来，从裤兜里甩给服务员一张百元大钞，挥手说："知道了，知道了。"说完，将门"嘭"的一声带上。回到房间，魏凯看着床上的纪愉已经没了任何的兴致，草草将纪愉的衣服穿好，拎起自己的背包，走出宾馆，向着火车站的方向走去。

屋内，纪愉悠悠醒转，看着空荡荡的房间，心内不解，怎么这么晚了魏凯还不回来？这时候，纪愉放在床头柜的手机传来声音。纪愉点开微信，上面魏凯对她说，自己临时有事先走了，给她包了辆明天回学校的出租车。

纪愉保存了出租车司机的号码，摇了摇自己还昏昏沉沉的头，重新倒回床上。

回到学校的纪愉想要找魏凯重新聊一下，告诉他自己的意思。可是发出的消息石沉大海。纪愉望着微信上自己和魏凯的对话框越想越不解，决定去他学校问一问。

　　从市中心坐车到了郊区，看着这个自己从未来过的地方，纪愉心下存疑，一路上不断找人打听，终于找到了魏凯的辅导员。

　　"你好老师，我是魏凯的女朋友，这一周我怎么联系都联系不上他，请问他是怎么了？"魏凯的辅导员摆摆手，咽下一口茶说："原来你就是魏凯的那个名校女友。我说你怎么也不晓得劝一劝他，居然赌博！追债的人都追到我们学校来了，他已经被学校勒令退学了。"

　　纪愉不可置信地望着魏凯的辅导员，猛的反应过来不对劲。可惜为时已晚，纪愉的手机不停地响了起来。

　　"您好，您向我方平台借贷的款项已经到了还息日，请及时还贷。"

　　"您好，您已拖欠×××××元，请及时还款。"

　　"您好，您的利息已经累计到××××元，请及时还息，您的身份证号码是……"

　　纪愉看着这一条条的短信，站在魏凯学校，哦不！是曾经的学校门前，恨得想把魏凯活剥了，还有什么好说的？肯定是那天，那个混蛋偷了自己的身份证借款还赌博欠的钱。

　　纪愉不想为魏凯兜底，她决定联系这个借贷平台，协商解决这件事，借款的人不是自己，让他们找魏凯去！

　　纪愉还没有蠢到自己一个人去谈判，对方人多势众肯定不好谈。可是自己又不想告诉家里人，妈妈为了自己和魏凯的事情已经心力交瘁，爸爸也不堪其扰去了外地工作。手机里可以联系的人，似乎唯剩下一个苏树荫了。

纪愉蹲在马路牙子上，哭着给苏树荫打了电话。苏树荫还在洗头，顶着一头泡沫从洗浴间出来，刚接起电话就听见了纪愉的哭声。

"鲫鱼？！鲫鱼你怎么了？"苏树荫急得在电话那头一直问。

纪愉本来都要止住哭声，听见苏树荫在电话那头紧张地问着自己，顿时心里泛酸，又哭了出来，苏树荫在电话那头一直问，纪愉只勉强地说自己出了事，让她来。

苏树荫握着手机不停地说："好！好！你在那等着我，我这就去找你。"说完就忙不迭地穿衣服准备出门，一旁的吴苓拦住苏树荫说："哎！哎，头发还没洗干净呢！"可是苏树荫已经一溜烟跑出门外了。

纪愉在路口蹲了一会，想到学校到这里的路程，准备找个地方等苏树荫。谁知道她刚站起来跺了跺脚，就看见远处顶着一头泡沫的女人向自己扑过来。

纪愉吓得往后退去，还没来得及叫救命，就听见了熟悉的声音。

"鲫鱼！我来了。"苏树荫靠着纪愉的身子，气喘吁吁地说道。

纪愉看见匆忙赶来的苏树荫，还有什么不明白的。她忍住自己又要溢出来的眼泪，把苏树荫拉到一家理发店，让理发师帮苏树荫把头发洗干净。

直到走进理发店，看见镜子中的自己，苏树荫才笑出了声，原来自己刚刚就是顶着这样一头头发过来的。

洗好头发，坐在咖啡厅里的纪愉原原本本地将事情向苏树荫说明，苏树荫点头说："鲫鱼，你这样做是对的，不过那帮人可不好惹，我建议你先报警最好。"

纪愉苦笑道："不，我不想把事情闹大，这样对我影响太大了，如果让学校里的其他人知道了，该怎么想我？还有我妈，她已经承受不起那么多了，最好还是私下协商最好。"

苏树荫无奈点头，答应陪纪愉明天去和那个借贷平台的人谈。私下里苏树荫偷偷地报了警，毕竟事情走到这一步，绝对不是自己这样的学生们可以解决的了。

第二天一早，纪愉和苏树荫早早地到达对方的办公地点。没想到网上高大上的借贷平台，办公地点居然只在一个老旧的居民楼里。

借贷平台的负责人，看着面前这两个明显是学生的女孩，望着桌子上的说明书，不屑地笑了一下，把脚往桌子上一搭，双手叠在后脑勺上说："我知道，我知道，可是我们这又不是检察院，你们两个人的事是你们自己的问题，反正我们的客服收到的是你的借款申请，记下的是你的身份证号！"

纪愉听到这话，心沉到了谷底，万万没想到会是这样的答案，泪水在纪愉的眼眶里汇聚，眼看就要落下。负责人看见纪愉这样的情形，心里更加无所谓起来，哼着小曲，抖着腿打算把两个人送走，顺便催催款。学生嘛，还不上正常，还有亲爹亲娘不是。

苏树荫看见这个负责人这样，像个二流子似的，明显是只想要钱，压根不是什么正规的机构，顿时气得一个倒仰，一拍桌子站起来说："可是你们打的支付宝账号不是她的，难道你们打款时都不核实的吗？这事你们也有责任！"

负责人慢慢地把腿收起来，看着站在自己面前的苏树荫，暗叹自己被鹰啄了眼，没看出这里还有个难搞的。他笑嘻嘻地站起来，拿起一旁的一次性纸杯，接满热水递给苏树荫，安抚道："唉，你也知道，现在生意难做啊，我们也是小本生意，正正经经的借贷公司！你看，申请贷款用的是你朋友的身份证号，我们又不是公安，怎么可能调查得那么仔细。"

苏树荫接过纸杯，语气放柔说："你也知道，我们都是穷学生。"抬眼看了看准备说话的负责人，又紧跟着接道："家里条件也不太好，她爸爸是给人打零工的，妈妈无业，短期内肯定是还不起的。可是！那个真正借款的男生不一样啊！他家里有钱。特别有钱，只不过是赌博赌输了，又窝囊废不敢告诉家里，你也知道家长都是望子成龙的，他爸又是出了名的严厉，所以才做出这么不要脸的事。"

负责人疑惑地望着苏树荫，无奈地叹口气："其实，说老实话，这事我也做不了主，能做主的是我们的董事长，这样……我向上面打个报告，你们稍等一会。"

苏树荫忙点头同意，拉着纪愉坐到一边耐心等待。

一个小时后，负责人回来了，无奈地望着苏树荫说："董事长说了，这事我们追不到那个男的。是谁贷的，就得谁还钱。"

原本满心希望的纪愉听到这句话彻底奔溃了，冲着负责人吼道："我不还！不还！不是我借的钱，凭什么要我还？"

负责人听到这句话也火了，冷笑一声，将手里拿着的文件袋往桌子上一甩。

文件袋里的东西随之四散在桌子上，苏树荫站在旁边随手拿起一张，看着上面雪白透亮的纪愉，苏树荫表情愕然地望向纪愉。

纪愉站在那里，看着这些四散的照片，手脚冰凉，她没想到这些人会这么下作，更没有想到魏凯……前不久还对自己百般歉疚、柔声细语的魏凯，竟然是这么一个人。

纪愉的眼泪又止不住地流了下来，苏树荫狠狠地瞪了一眼还在盯着纪愉看的负责人，将桌上的照片一把划拉进文件袋里，拽着纪愉就要出门。

负责人看见苏树荫这样，急忙拦住，欲言又止地望着她，又指了指她手上的文件袋示意她还回来。

苏树荫勉强冲负责人一笑说：“你看，我们已经知道厉害了，这文件袋留在这里我朋友估计要疯了。”苏树荫回头望望纪愉，压低声音说：“再说这种东西你们肯定也有备份的。”

负责人看了看苏树荫，又望了望她身后已经濒临奔溃的纪愉，点了点头，放二人离开。

路上，纪愉走着走着突然抢过苏树荫手里的文件袋，就开始撕扯起来。苏树荫忙将文件袋抢回来，按住纪愉的胳膊望向她：“不能撕，纪愉！纪愉！我已经报警了。你去和那些人谈本来就是与虎谋皮，这事只有交给警察才管用。”

纪愉抱住苏树荫，全身力气仿佛都被抽干了，她呜咽着说道：“可是他们手上有我的照片，如果到时候报警，学校就都会知道了，那我岂不是就被毁了。”

苏树荫叹了口气，轻轻拍着纪愉的后背柔声说道：“可是等到你还不上钱的时候，这就成了一个定时炸弹，谁知道他们会怎么样。交给警方，最起码你是安全的。”

纪愉突然一脸兴奋地望向苏树荫：“树树，如果我把钱还上呢？只要把钱还上，他们就不会找我麻烦了吧？”

苏树荫按住她的肩膀摇头苦笑：“纪愉，你没有看到那份合同吗？他贷款时虽然写的是零利息，可是很多附加款项的利息却远高于银行利率。纪愉，咱们都是学经济的，你算一下他们的实际利率就知道，这债咱们还不起，也不该咱们还！"

纪愉望着眼神坚定的苏树荫，慢慢地将文件袋松开。是了，事情走到这一步还有什么好说的呢，唯有报警，这个事情才能妥善解决。

苏树荫拿着文件袋，带着纪愉去了警察局，负责此案的张警官接待了他们。纪愉坐在派出所的长椅上，安安静静地将事情向张警官说了个清楚。

随后，苏树荫掏出一支录音笔，张警官诧异地望向苏树荫。苏树荫按响开关，从录音笔里传出刚刚那个负责人的声音。张警官细细听完冲苏树荫点头道："很好，里面有我们需要的信息，通过这个负责人的话，我们可以确定他们违规操作，发放贷款，接下来就是确定魏凯的责任了。"

张警官将录音笔里的内容拷贝进电脑里，又望向纪愉。纪愉犹疑地看着苏树荫，苏树荫紧紧握住纪愉的手。纪愉深吸一口气，将那晚所住宾馆和能记住的经过全数说出。

张警官拿起记录册，将可以推敲的点反复推敲，不断询问，终于确定了魏凯的责任，张警官将本子合上说道："如果你还有时间的话，我建议你和我们一起去趟宾馆，我们将那天的监控调出来，这样就可以确定了。"

纪愉听到这句话，默默地将头低了下来，不知道该如何回答，她一点也不想再踏足那里。苏树荫望向明显已经到承受极限的纪愉，冲张警官说道："还是我跟您去吧。"

　　张警官看了看这两人，叹了口气，说："那好吧。"心里暗叹，还好这个受害人有个清醒聪明的朋友，这种事他以前见得多了，有些女生不敢告诉家里，只能自己前来，最后因为证据不足，警方也没有办法，像这种可以解决的案件实在是太少了。

第　五　章

　　警察局门外，苏树荫安抚好纪愉后，随着张警官坐上了警车，前往魏凯学校附近的那家宾馆。等到张警官出示警官证，调出当天的监控视频后，画面里也只有魏凯进入房间和出来的照片，苏树荫望向张警官。

　　张警官看着反复播放的画面，也很无奈，宾馆里面怎么会有房间内的监控视频呢。张警官抱歉地向苏树荫摇了摇头，这样的视频还不足以让警方追查魏凯。

　　苏树荫拎着包返回学校，望着近在眼前的宿舍楼，心生怯意。

　　"苏树荫！终于等到你了！"

　　苏树荫扭身回头，看见双手插兜站在阳光里的任京墨。苏树荫一声不吭往前走去，急得任京墨忙不迭地追上来。

"哎！哎！我刚都听吴芩说了，你们宿舍里的那个什么纪愉出事了，怎么样？你去帮她解决得怎么样？"任京墨总算追上苏树荫，拽住她的手，把她扭过来。

苏树荫皱眉看着他，一把把他的手打开，伸手把毫无防备的任京墨推了个跟跄。

"你问？问什么问？你能解决？"说完就要走。

任京墨看着发飙的苏树荫，自嘲地一笑，在校篮球队效力，高中时代屡获跆拳道奖项的任京墨，这是第二次被人推来打去，这两次还是同一个人。苏树荫你就是仗着我喜欢你啊！

苏树荫走到半道，看见还站在原地的任京墨心生愧疚，终于回转身来朝他走去。

任京墨看着苏树荫一步步朝自己走来，眼睛里喜悦满溢。

"任京墨，你是本地人，你刚刚那样问，是不是有什么法子？"苏树荫试探着问任京墨。

任京墨苦笑摇头，自己也只是个学生，怎么可能有法子。

苏树荫看着任京墨的反应，眼里的希望一点点沉下去。任京墨看着这样的苏树荫，犹豫地问道："苏树荫，你有没有想过你已经仁至义尽了，她只不过是你的舍友，你这样做不但讨不了好，还会耽误你自己的工作。你今天一天都在忙她的事，你今天的课都没去上吧？还有我和你一起合开的漫画要连载。苏树荫！你不是圣母。"

苏树荫浅笑着摇头说："我当然不是圣母，谁要是想占我的便宜，那我不和他拼了！可是……任京墨，有的时候做人不能那么计较得失的。"说完，苏树荫向宿舍楼走去，有些事需要让纪愉去勇敢地面对了。

任京墨站在原地，生于条件优越家庭里的他，从小被教育的就是莫管身边闲事，明哲保身，善待自己，可是……这真的对吗？

宿舍里，苏树荫坐在阳台的榻榻米上，将刚刚和张警官去调查的情况向纪愉说清楚。

纪愉听后一脸绝望地望着苏树荫说："那就是没办法了？那我怎么办？我家已经没钱了！树树，我怎么办啊？"

苏树荫抽出纸巾将纪愉的眼泪拭去，等待纪愉心情逐渐平复后才开口道："鲫鱼，天无绝人之路，刚刚张警官也没有把话说死，只要我们找到魏凯或者那帮追债人，或者有了当时宾馆内的录像都可以。鲫鱼你看我们有这么多条路可以走，不要怕。"

纪愉迟疑地望了望苏树荫，点了点头。

第二天，苏树荫急匆匆去教学楼上课了，吴苓站在地上叫纪愉起床一起去上课，一宿没睡的纪愉顶着个黑眼眶爬起来，幽幽地说："我今天不想去，你们去吧，帮我签个到就好。"

吴苓望着又倒回去的纪愉，和李迎男一起出了门。

教室里，纪愉上完一节课，望着旁边空荡荡的桌子上，上面放着她给纪愉买的早餐。四十五分钟的课程，早餐早已冷透了。苏树荫在微信里收到纪愉发给她的信息，说她不想来上课，苏树荫无奈，只得将早餐扔进了垃圾桶。

此后几个星期，纪愉仿佛被抽掉力气一样，能逃课就逃课，整天窝在宿舍里不出门，仿佛这样就可以逃避这件事。无论苏树荫怎么劝，纪愉都觉得自己完了，不再愿意努力上进。

苏树荫坐在奶茶店里，慢慢地转着手里的奶茶杯，说不难过是假的，自己从小性格就比较孤僻，有轻微的社交恐惧，初初进到大学，能考上这所大学的大多家世不错，纪愉……算是自己第一个大学朋友吧，就这样被毁掉，实在是让人难以接受。

坐在苏树荫对面的柳又望着她，平时快人快语的大男孩这时候也忍不住担心地问她："树树，你怎么了？"

苏树荫望着这样的柳又，暗叹一口气，勉强冲他一笑说："没事，就是我有个朋友，遇到了麻烦。"

柳又这是第二次听见苏树荫口中说出朋友二字，第一次是任京墨，他知道能得苏树荫的认同有多么艰难，所以连忙问道："朋友？怎么了？"

苏树荫叹气，将事情原原本本地向柳又说清楚了。

如果是普通大学的大学生，此刻可能只会安慰苏树荫，可是柳又读的是公安大学，他本不想平添是非，可是不忍树树失去本就不多的朋友，所以犹豫地说道："树树，可能我有办法，不过也不能保证一定有用。"

苏树荫眼睛一亮，是啊！柳又是公安大学的，没准真有什么办法。

第二天，二人到达纪愉出事的那家酒店，柳又在前台订了当天的那间房，看了看时间，担心可能待会儿来不及回去，望向已经累得瘫倒在沙发上的苏树荫，又拿出钱包订了一间。

两人到达那天的房间，柳又把苏树荫的包放在一边，认认真真拿起放大镜检查起天花板。苏树荫不明白柳又要干什么，他人高马大，可以轻易地检查天花板，自己却不行，只能坐在一旁耐心等待。

柳又检查完一边，一回头就看见苏树荫倒在床上沉沉地睡去。柳又轻轻地走过去，给苏树荫盖好被子，又看了看刺眼的灯光，这丫头小时候一有光就睡不着，这是到底有多累，才会在这样的环境下都能睡着了？

柳又脸上挂着连自己都没有察觉到的宠溺笑意，从自己的背包里掏出一次性眼罩，给苏树荫戴好，又继续检查起来。

一个小时，两个小时，柳又终于在顶灯的内侧找到了他要的东西——一个微型摄像头，拿起镊子，小心地将摄像头起出来。柳又看了看还在床上沉睡的苏树荫，慢慢地退出门外，朝壁的房间走去。

第二天一早，苏树荫神清气爽地醒来，就看见站在床旁边，顶着一双黑眼圈的柳又。

"树树！我找到了！"柳又把苏树荫拉到笔记本电脑前，指着上面的一个网站说。

苏树荫疑惑地望着柳又，看了看那个网站。原来现在很多宾馆都被人偷偷地安装了微型摄像头，将拍到的一些画面上传到网络，用来换取流量和金钱。

柳又这次带苏树荫来，就是为了看看这个宾馆的房间是否也安装了摄像头，幸运的是，柳又找到了摄像头，并通过摄影头找到了这个网站的数据终端，拿到了当晚的录像文件。

苏树荫兴奋地点开视频，想要看看到底是怎么回事，柳又在身后来不及阻止，顿时整个房间都充斥着当晚的声音。

苏树荫看见画面里的纪愉和魏凯，除了气愤便是害羞了，她没想到魏凯这么龌龊。苏树荫"啪"的一声合上电脑，转头不好意思地看着柳又，虽然自己和柳又一同长大，但在这种情况下看到这样的视频，实在是要多尴尬有多尴尬。

"那个……柳又，谢谢你，等这件事过了……我，我请你吃饭，我先把视频交到警察局去了。"说完，苏树荫抱着电脑就冲了出去。

柳又呆呆地望向门外，突然觉得有生以来第一次气血上涌，脸上的红色迅速蔓延到耳朵根。

警察局里，苏树荫将视频发给张警官。过了一段时间，张警官和同事商量好后从办公室出来，因所涉案件金额巨大，警察决定追逃魏凯。

苏树荫从警局出来，将这个好消息第一时间通知了纪愉，谁知纪愉在电话里闷闷地"哦"了一声后，就没了下文。苏树荫疑惑之下，迅速赶回学校，终于在辅导员的办公室里找到了纪愉。她望着纪愉这一个月的考勤单，无法相信纪愉居然一堂课都没上过。朱辅导员拿着考勤单，无奈地望着纪愉说："你无故缺课了一个月，事先也没有说明，尤其是这一个月是期末考试周，你有四门功课都缺考，另外两门不及格。纪愉，我也没办法，你这事太严重了，学校决定对你勒令退学，已经联系你母亲了。"

一直还低着头玩手机的纪愉，猛地抬起头来盯着朱辅导员说："老师，真的有这么严重吗？！我不能！不能……退学，我考得那么辛苦！"

朱辅导员恨铁不成钢地看着纪愉说："既然知道升学不易，尤其是像我们学校这样的985，纪愉！新生手册里都有写的，修不够多少分就勒令退学，你为什么不去上课呢？上次的事情，已经给过你一次机会了，这次……学校也不肯再听我的求情了。"

纪愉坐在座位上，手足无措，万万没有想到会是这样的结局。

苏树荫在旁边，听到朱辅导员这样说，也是无可奈何，纪愉……太糊涂啊。

突然，办公室的门被敲得震天响，朱辅导员刚想出声喊请进，就看见纪愉的妈妈冲了进来。纪愉看见自己的母亲，下意识地往后退了一步，可随即就被纪母扭着胳膊拽到了屋外。

"纪愉！我从小是怎么教育你的？平常看你机灵聪明，怎么遇到大事都这么糊涂？啊？你被那个魏凯坑了，你和妈妈说啊！你怎么什么都不说啊你？"纪母边打纪愉，边痛哭。

"告诉你？告诉你好让你打我吗？从小到大一有事你问都不问就打我，我干吗要告诉你，再说爸爸的身体那么差，我告诉你这个家庭妇女有什么用？"纪愉将纪母推开，跑下了楼。

苏树荫跟着朱辅导员追出来的时候，只看到瘫倒在地、神色凄凉的纪母。

过了不久，张警官联系到苏树荫说魏凯已经抓到了，并且因为证据充分，纪愉的债务已经解除，只不过可惜魏凯已经把钱都花光了，现在那家借贷平台扬言说等魏凯出来要断了他的腿。

　　七月初，苏树荫早早地考好了最后一门课，所幸……牺牲了自己的休息时间，得来的成果很是丰硕，辅导员说苏树荫可以申请国家奖学金了。

　　坐在寝室的阳台上，纪愉和苏树荫靠着墙，看着远方夕阳西下，这是首都中心难得的奢侈。纪愉已经办理好了退学手续，明天就要离校返家了。回想当年初入大学时，母亲意气风发地向邻居亲戚介绍自己考上的大学，仿佛自己明日就是中关村之花、华尔街之狼。

　　纪愉低下眉，压住肺腑间的酸意，急急忙忙给自己灌了一口酒，这一切的结果都源于自己的无知和懦弱，假如当初义正言辞地对魏凯，假如事情爆发的时候坚强振作，现在的结局不知道会有多好，可惜人世间没有假如。

　　苏树荫陪着纪愉喝了两口，无言地望向远方，此时此刻自己已经无能为力，可惜了……在首都唯剩不多的朋友……

　　"树树，你现在是不是特别看不起我？"纪愉倒在苏树荫的肩头，把玩着酒杯问。

　　苏树荫摇头道："从未有过。"纪愉抬起头望向苏树荫，眼里想要得到她肯定的话语。

　　"我是恨铁不成钢。纪愉我没有看不起你，但我现在也无法认可你。我对人的认可，源于她做的事，鲫鱼你现在……让我很失望。"

　　纪愉突然激动起来说："你以为我想这样吗？如果你有

一个这样的妈妈，整天在家不出去工作，所有的开销只有我爸一个人！你知道吗？我以前连件衣服都不敢多买，口红也只敢用不过百的！你懂吗？！"

苏树荫摇头说："我不知道，因为从我出生到考上大学，我的家永远都是靠我母亲支撑的，你有个在家心甘情愿做家庭主妇照顾你的妈妈，而我有个游手好闲的爸爸，他经常会把我和妈妈一个月的生活费都输在牌桌上，鲫鱼，你懂吗？"

纪愉愣愣地看着苏树荫，突然不知道该怎么回答她。

苏树荫将酒杯中的最后一口酒喝尽说："回去复读吧，明年来当我的学妹。"

说完，苏树荫揶揄地看着纪愉，搞得纪愉索性将酒杯一扔，上前揪住苏树荫，就挠起痒来，只是眼角泪水已经滑落。

玩笑后，苏树荫朝宿舍里面走去，阳台上，纪愉的眼泪再也止不住地流了下来。

宿舍里，吴苓走过来递给苏树荫一张表格说："辅导员让我给你的，想去的话就填好表格交给我。"苏树荫疑惑地接过，这几个月随着自己和任京墨的疏远，吴苓对自己的态度好了很多，她是班长又是吴教授的女儿，自己与她的关系确实不宜太差。

想到这里，苏树荫笑着回道："谢谢，我看看。"

苏树荫定眼往表格上一瞧，原来是支教的申请书，平常这种学校组织的支教只有感兴趣的极少数人才会去，但自从今年国家鼓励大学生回馈社会后，支教顿时成了一个热门项目。

苏树荫仔细看了看表格上的条件，这次有资格报名支教的人，必须成绩是年级前五十，此次支教回来后，学校会出具一份证明，这对于以后申请国外大学的研究生有很大的帮助。

苏树荫苦笑，这真是吾之砒霜，彼之蜜糖。自己这个家境，出国留学？不考虑。

突然苏树荫的手机叮铃叮铃地响了起来，苏树荫看了看来电显示，回头看了看还在填表格的吴苓，转身去了楼道口接电话。

"喂？任京墨，你有什么事情吗？"苏树荫在走廊来回绕着圈。

"苏树荫，你是不是要去支教？"任京墨刚从球场下来，喘着粗气问道。

"我不知道……我还没想好。"苏树荫看着窗外，拥挤的人群，都是来参观这座顶级学府的人。

任京墨本以为，这种好事苏树荫是必去无疑的，没想到这个时候她居然还会游移不定。

"苏树荫！你在想什么？你是不是傻了？这么好的机

会。你给我下楼来！"说完不等苏树荫回答就挂了电话。

苏树荫本想不听这个专断者的话，干脆回屋睡觉去好了，暑假回去陪陪妈妈也是很不错的。可是想到刚刚任京墨听见自己不想去的时候，那么焦急的声音，苏树荫心内回暖。

楼下，苏树荫坐在长长的木凳上，盛夏已至，满眼皆是翠色无边。苏树荫将整个后背都交给了散发着木质气息的长椅，头微微地向后仰去。

任京墨穿着球衣，顶着满头的汗水跑到这里的时候，就看见仰躺在山林间树木里的苏树荫，对于苏树荫多日来的不理不睬而积累起来的怨念，在这一瞬间蓦然消散。任京墨不禁放缓了步子走过去，将微风不经意间扫到苏树荫雪白小脸上的一缕发拿了下来。

苏树荫鼻头微动，觉得自己迷迷糊糊间闻到了似兰似麝的香气，带着一股子金贵。苏树荫缓缓地睁开眼睛，看着因为自己醒来而惊慌失措的任京墨。倒是头一回见任大探花如此手足无措，他刚刚到底想干什么？

"苏树荫，你不想去支教，是不是因为你觉得肯定没有办法出国留学，所以这次支教对于你来说是无用，是没有任何实际利益的？"任京墨轻轻地坐到苏树荫身边，语气却不怎么柔和。

苏树荫不耐烦地揉了揉眉，不管怎么说，这都是她自己的事，这么多年，习惯了自己做主，突然有个声音在旁边对你说'不，不用，你其实可以不用这样，你还可以那样'的时候，其实苏树荫下意识的第一反应，不是暖心安定，而是觉得无比的烦躁，就像是长期处于黑暗中摸索前行的人，突然遇见指路人的那一瞬间，不是激动，而是满心的怀疑与抗拒。

所以下一秒，苏树荫就直起身来，双手环抱着自己回答道。

"是！任京墨，你说的对，因为它无用，所以我不去做，我不是圣母，也不是公主。我没有你和吴苓那样的好命，我宁愿多出一点时间来打暑假工，在家休息，也不会去做对我来说吃力不讨好的事。任京墨，这种好事，不是我能享受到的。"苏树荫起身不愿再继续说下去。

一直坐在长椅上听苏树荫说的任京墨，早就已经料到苏树荫会是这样的反应，他伸手将苏树荫的手牵住，苏树荫一回头就看见任京墨瞪着他那一双大眼睛，看着自己，湿漉漉的像老家刚出生的小奶狗。

"树树，你真不去吗？我自己一个人去，不会生火，不会做饭，我会活得很惨的。"任京墨又将苏树荫拽回长椅上。

苏树荫无奈地跟着坐了下来，这是第一次！第一次！任京墨啊，在对自己撒娇。苏树荫头疼地说："你还有吴苓，有没有我没关系的。"

任京墨眼睛里闪过了然，果真是为了吴苓在和自己闹别扭，那是不是证明……苏树荫心底也还是有点在乎自己的，并不像她口中说的那么绝情？

"不过……你是怎么知道我叫树树的？！嗯？"苏树荫瞪着眼神飘忽的任京墨，假装生气地问道。

"那个……那个，阿姨和我很聊得来，我时不时寄点特产过去。"任京墨笑呵呵地望向苏树荫，暗恨自己是个大嘴巴。

苏树荫这才知道，为什么老妈给自己打电话的时候，时不时就要夸下任京墨，原本还以为是过年的时候留下的好印象，没想到这小子在这等着自己呢。

任京墨看着越望自己越像看汉奸的苏树荫，顿时就知道她这是没把自己往好处想呢。

"苏树荫我带你去个地方。"说完任京墨拽着她就往前走。

"去哪啊？我不去，不去！"苏树荫把身子往后仰，说什么也不能让着汉奸带跑自己。

任京墨也气笑了，回头俯下身子，直接扛起了苏树荫就往前走。被任京墨扛在肩头的苏树荫又惊又怒，不停地捶着任京墨的后背，谁知道表面这么温文尔雅的一个人，居然……就是个土匪！

任京墨被苏树荫狠捶了两下，反而大笑着说："还去不去了？去不去了？"

苏树荫拿他没法，忙不迭地说："去！我去还不行吗？"

任京墨听到自己想要的答案，轻轻地将苏树荫重新放在了地上。

苏树荫刚一下地，就气得往前急走。任京墨双手插在球衣的裤兜里，慢慢悠悠地跟在后面。不一会儿二人就走到了校影音室。苏树荫迟疑地望向任京墨，不知道他要干吗。

任京墨看到苏树荫这样也是气笑了说："我什么时候害过你？"

苏树荫想到以前的任京墨，眼中难得笑意深深，犹如水波潋滟光芒。

坐在凳子上，苏树荫看着任京墨鼓捣来鼓捣去，终于前方的布上放映出视频来。原来是过往学校支教地区拍的视频。苏树荫翻了个大白眼，这都看过好吧，每次学校有活动都会展示这些学生的公益成果。不耐烦的苏树荫起身准备离开，就要往门外走去。

突然，视频画面一黑，随之而来的是不断晃动的画面，苏树荫听到了熟悉的声音响在自己的耳畔。

"你平常喜欢去哪玩？可以带我去吗？"视频里，一个小男孩羞涩而又兴奋地点头。一阵窸窸窣窣的声音传来，苏树荫知道这是任京墨跟着这个小男孩在前往这座乡村的游乐场。

过了不一会儿，视频里出现了一个小小的烧砖厂，视频里的男孩带着任京墨绕到了砖厂的后门，被扔掉的废砖头，丢掉不要的废编织袋，这是这座砖厂的垃圾场，却也是这个男孩的游乐园。

"为什么喜欢在这里玩？"视频里，熟悉的声音再次响起。

男孩一边在垃圾堆里挑挑拣拣，一边回道："有很多好玩的东西，都是城里的，还有烧废的砖，带回去可以砌猪圈。"

画面又是一阵晃动，任京墨朝垃圾堆里走去，帮那个小男孩挑拣起来。随后，视频放完，影音室里重归寂静。

不知何时走到苏树荫身旁的任京墨，望着深黑色的黑板，不知道该怎么向苏树荫说起自己的那段经历："知道吗？那个垃圾场不是这小男孩一个人的游乐场，而是全村，全村所有孩子的，里面有生活废品，有用掉一半的牙膏，有吃不掉就过期了的罐头，这些……他们都会捡回去。"

任京墨将手搭在苏树荫肩膀上："树树，有时候人不是傻，而是没人教他们怎么聪明。"

说完，任京墨转身离去。

徒留苏树荫还坐在教室里，一遍遍地看着与首都相隔千里的小村庄，没有教育，没有希望。苏树荫想到了高中时的自己，每天早晨，天刚刚泛起鱼肚白就要出门，赶最早一班的公交，去县里上学，时间长了，早餐焐在怀里，也依然生硬难吃。苏树荫无意识地扣着手指，头低垂着，不知道在想些什么。

七月初，即将升入大二的苏树荫做了一个决定，去支教，没有酬劳，行程千里，却让苏树荫心向往之。

首都的火车站内，领队的朱辅导员举着小红旗，一遍遍清点学生人数。

"那个数控一班的男同学，对！说的就是你！跑啥呢？安静搁那蹲着！"朱辅导员对一个穿得像要去郊游的男生吼道。

苏树荫安安静静地坐在一旁，手里提着朱辅导员和自己的行李箱。万万没想到啊！没想到，吴苓又要去国外和父亲团聚，本来和她搭伙的苏树荫临时塞给了朱辅导员。此后的一个半月，苏树荫想到要和朱辅导员同住一屋，咳咳……挺好，挺好。

姗姗来迟的任京墨从自家保姆手里接过行李箱，拎着一盒刚打包好的早餐向苏树荫走过来。

还在朱辅导员身边，感受着用力的嘶吼，想要升华自己的苏树荫，看见举在自己脸前的便当盒。贱萌贱萌的小黄人左右晃动地望着自己，苏树荫使劲嗅了嗅，嗯！是真的香。

苏树荫接过便当盒，对着任京墨敷衍地说了声："谢谢啊。"

任京墨顺势坐到旁边，老气横秋地来了句："无需。"

苏树荫也被逗乐了，就这样两个人随着大部队，奔向祖国的西南边陲。

下了火车，上了汽车。苏树荫两手提着行李箱，摇摇晃晃地往前走去，就看见辅导员像霜打的茄子似的，低着头，熟门熟路地将行李放上摩托车。

苏树荫即便再有心理准备，此时也是熬不住了，她气呼呼地将行李箱放在一旁，不断的赶路与奔波已经几乎耗尽了她所有的耐心。

一旁的任京墨，低头看了看苏树荫，想了想说道："所以，苏树荫，你还觉得自己很独立吗？"

说完，拿起苏树荫的行李箱准备向前走去，倒是苏树荫在后面，重新提起行李箱，向前走去，也不搭理站在原地的任京墨，只是咬紧了牙关，死死地抓住摩托车的后把子。

在摩托车上被颠了一路的苏树荫，摇摇晃晃地下来。虽然早有心理准备，但这地方也太偏了吧。反倒是一旁的任京墨，一手拿着行李箱，一手拽着苏树荫，驾轻就熟地继续往前走去。

"哎！哎！你怎么还走啊？"苏树荫已经累得想就地坐下了。

任京墨回头，拽着苏树荫说："走吧，还要走一个小时的山路，才到村小学。"

　　苏树荫看着前面蜿蜒盘旋的山路，脚下一软，一阵阵的哀号也从身后传来。

　　等到苏树荫强撑着终于走到了村小学门口，望向站在村长身边的李迎男，一脸的不可思议，所以这就是李迎男的老家？

　　任京墨站在一边，看着村长身边的苏树荫舍友，也是没想到，自己来的次数不算少了，这也是第一次看见她。

　　李迎男此刻心里是又羞又愤。听到老爸说自己学校每年都会有人来支教，本来不当回事，甚至自己早早地都订好了机票，准备出去躲几天。

　　直到前不久回家，去老爸的办公室里玩，看见几乎每年都参加的任京墨，自己才留下来和老爸一起接待。谁知道苏树荫也会来！她一来，万一告诉了学校的其他女生，自己的面子往哪放啊？

　　苏树荫看着冲自己翻白眼的李迎男，也是无奈至极，只能假装看不见，随着大部队去看自己的宿舍。

　　等众人翻过一个小山坡，看到一片低矮的小平房时，经过刚刚辅导员的思想准备加忽悠，此刻的众人倒已经平复了很多。

　　任京墨提着苏树荫和自己的行李箱，早早地就来到了苏树荫的宿舍前面。进了屋以后，熟练地将自己带来的防尘布往地上一铺，将苏树荫的行李放在上面，又拿起自己带来的抹布将桌子椅子擦了个干净。

苏树荫看着准备充分的任京墨，平常自己在家里也是要和妈妈搭对干活的，没想到到了这倒成了个袖手旁观的大小姐。

等到任京墨把事都做完了，回头看见已经倒在床上睡着了的苏树荫，他轻轻地走过去，把被子给苏树荫盖好，随后出去，将门给她带上。

门外，假装在和孩子们玩的李迎男终于看见任京墨带着笑意走了出来。李迎男刻意忽略那抹刺眼的笑意，含笑向着任京墨走过来："任京墨，你好啊，我是吴苓和苏树荫的舍友，我叫李迎男，我来带你去你住的地方吧。"

说完笑着就要来提任京墨的箱子，谁知一提，居然没提起来。李迎男尴尬地笑了笑，铆足了力气再去提拉杆箱。这次终于是提了起来，任京墨抱着手站在一旁，笑着看李迎男一步一跟跄地往前挪。

他知道这个村村主任的女儿也在他们学校读书，没想到就是李迎男。

等到李迎男费尽了力气，将任京墨的行李箱运送到目的地，双手已经通红了，李迎男淑女似的回头对任京墨嫣然一笑道："京墨，这里就是你的新宿舍了。"

任京墨看着喘得像牛一样的李迎男，也回以一个绅士般的假笑，悠悠地问道："我记得我以前不是住在这里的，怎么？盖了新宿舍楼了？"任京墨望着面前的两层小洋房。

李迎男等的就是这句，她假装淡然地笑了一下说："哪里啊，这是我爸爸盖的新房子，这不老爸怕你住不惯，还找了县里的装修队重新装修了一下呢，我说就不要这么费劲了，可是他非不听。"

任京墨心下了然，前不久自己的叔叔所在的集团，业务扩展到了西南边境，叔叔也随之调任到这边。想必这个李迎男的爸爸是得到了消息。任京墨捂住头，使劲地晃了晃脑袋说："真是不巧，我从小身体就不好，真是难为叔叔这么有心了，可是这才装修好的房子，还是再放放吧。"说完，提着箱子，健步如飞地朝着小平房走去，独留李迎男凌乱在风中。

傍晚，朱辅导员将此次参加支教的学生都集合到一起，将下午和村小学的校长开会共同拟好的计划，向这群高材生做说明。

"苏树荫，你负责教学生语文和音乐。"朱辅导员指了指苏树荫，坐在教室后面的苏树荫点头，示意听到。

"张琪琪，你负责跟着现在的数学老师学着教教数学。任京墨，你是老人了，这次就试试当一下班主任吧，曾凡你教……许雨你教……"

等分配好课程，朱辅导员板起脸严肃地说道："各位同学，我知道你们来这里很辛苦，在学校里你们是佼佼者，但是希望各位不要因为这些就怠慢此次支教活动，不要认为难度小，教得就轻松，从明天起，你们不仅是这群孩子的老师，还是他们的哥哥姐姐，甚至是生活上的爸爸妈妈。我知道这可能会难为你们，但是，你们要知道，我们既然选择了这样一份工作，就要尽自己所能，去把它做好。若干年后，你们也会感谢现在的自己，因为我希望你们不仅仅教会他们如何学到知识，更要教会他们学习的方法，甚至一些生活细微之处的价值观念，所以时间短，任务重，希望各位能够加油！努力！好，散会。"

第 六 章

苏树荫抱着本子，慢慢地走向自己的宿舍，准备回去将明天的课备一下。

早早等在外面的李迎男笑嘻嘻地跑过来，挽着苏树荫的手说道："树荫，欢迎你来我家啊，上午我身体不舒服，都来不及招待你，希望你不要介意啊。"

苏树荫属于那种慢热的性格，对于一上来就亲热不已的李迎男实在难以适应，但到底是人家对自己热情洋溢，只能假装不在意地回过头来，对着李迎男勉强笑道："不介意，不介意，那你身体好了吗？"

"好啦，好啦，哎呀小毛病而已，小毛病。"李迎男笑嘻嘻地拽着苏树荫朝自己家的方向走去。

"哎，迎男，这是？"苏树荫望着李迎男不解地问。

"哎呀，树荫你都来我家了，住那种破地方干吗，来来，我让我妈收拾了一间房出来，你住我家就好。"说完不待苏树荫回话就拽着她继续往前走去。

苏树荫看着面前的小洋楼，三层高，红砖砌成，被李迎男的爸爸做成了一个小城堡，当真是这个小村子里最豪华的存在了。

"爸，妈，我回来了。"李迎男将包一扔，换成拖鞋就进了家门。早早等候在家里的李母，坐在客厅里，保养得宜的脸上挂着安定从容的笑，正在沏茶的手上戴着果绿色的翡翠手镯，看见李迎男拉着苏树荫走进来，笑着拿起茶杯，招手对李迎男说："快带你同学过来尝尝，新沏的老君眉。"

说完又笑眯眯地对着苏树荫说："是树荫不？哎哟，小姑娘家家的，来我们这很辛苦吧？来来来，坐，阿姨炖了鸡汤，你一定要多喝几碗。"苏树荫刚刚被李迎男拉着跑了一路，忙不迭地喝完了老君眉，又坐进了餐厅里。

苏树荫浅浅地喝了一口鸡汤，嗯！确实很好喝。

"谢谢阿姨，很好喝的。"苏树荫笑着回看李母。

"喜欢就好，喜欢就好。"李母慈爱地看着苏树荫，心想，一个小姑娘家家，肯来这里，也是真吃苦了。

"树荫啊，以后有啥想吃的就和我说，我给你做，啊！"李母看见苏树荫把一碗鸡汤喝完，立即又从厨房端了盘自己刚腌制好的牛肉出来。苏树荫不好意思看着李母忙里忙外的，又接过来，进了厨房帮着李母一起做菜。

李迎男刚从自己房间换好衣服下楼，就看见跟着自己老妈忙里忙外的苏树荫，她一撇嘴对着李母说："妈，老爸今天晚上请人吃饭，让我也去一下，我先走了。"说完就往外面跑去。

李母冲着苏树荫歉意地笑了笑说："迎男就这个性子，你来，看看我给你安排的房间。"

苏树荫拉着李母的手坐到沙发上，略带愧意地说："阿姨，谢谢你，可是我这次是来支教的，这样单独搬出来住实在不太好，我今晚就不住这了。"

李母听到这话通情达理地点了点头："我知道了，这事你不用担心，我去和迎男说，我给你准备了一些日用品，这山高路远的你们女孩子家肯定要用的东西多。"

苏树荫知道再不要就是不识抬举了，于是来到这个西南小村的第一晚，苏树荫提着一大包李母送的日用品，跟跟跄跄地回到自己宿舍。

苏树荫好不容易把东西都扛上了山上的宿舍，刚拿出钥匙打开门，就看见朱辅导员微笑着坐在桌子前，手里拿着课本对她笑着招手："树荫，你来，我们俩把你明天要上的课给过一遍。"苏树荫勉强将编织袋拖到角落，又急忙跑去和朱辅导员过课。

次日清晨，苏树荫第一次站在了讲台上，为了今天的早课，她特意准备了一套衣服，还化了个淡妆。

"同学们好，以后我就是你们的语文老师了，你们可以叫我小苏老师。"苏树荫介绍完自己后，微笑着站在讲台上，期待地望着底下稀稀拉拉的学生们，等着他们齐声喊自己小苏老师。

谁知道，只有寥寥几个人抬头看了眼苏树荫，随后又低下头来，玩玩具的玩玩具，看小画本的看小画本，甚至有些穿戴明显比周围同学好的学生，从课桌里掏出了几部旧款的翻盖手机玩了起来。

苏树荫第一次碰到这种情况，和自己想的完全不一样，只能尴尬地站在讲台上，不知道该怎么继续下去。

早就站在课堂外的任京墨抱手立在那里，苏树荫向他投去求助的眼神，任京墨难得能接受到苏树荫这样的眼神，可是任京墨笑着摇摇头，转身朝体育场走去，下节课是他的体育课了。苏树荫看着就这样离去的任京墨，长叹了口气，明显是只能靠自己了。

再看看下面坐着的一帮学生，玩游戏的还在玩游戏，甚至有几个看着自己好像不怎么会管他们，更加明目张胆地玩了起来。

苏树荫又气又慌，人生头一次当老师，实在不知道该怎么应付这样的状况。

"老师，老师，你怎么了？"坐在第一排的一个小女生怕怕地望着这个新来的老师。

苏树荫低头就看见了一个小姑娘，坐在第一排，双手规规矩矩地搭在桌上，正怯生生地看着自己。

苏树荫不想让这样的学生失望，她缓了缓，深吸一口气，在心里努力地给自己打气。

才又重新出声，朗朗地对着下面的学生说道："同学们，请大家将课本翻开来，上课了。如果表现不好的话，小苏老师会一个个请家长的哦！当然，如果表现得好的话，老师也会给奖励的。"

下面的学生们本来还在嬉笑打闹，后排的一个男生将手中的纸团砸向第一排刚刚那个出言问苏树荫的女生，听到苏树荫说的最后一句话，男生吓得打了个哆嗦，想到自己那个一听自己成绩就拿鞋拔子抽自己的老爸，吓得直接坐回了座位上。

第一排的那个小女生，看到小男孩怂怂的样子，闷闷地笑出了声。

"鹅鹅鹅，曲项向天歌。来！同学们跟着我读。"苏树荫举着课本，在教室里转着圈。

站在体育场上的任京墨看着教室里逐渐进入状态的苏树荫，微微笑了起来，授人以鱼不如授人以渔。苏树荫，有时候路只能自己走。

"那个小子！对！说的就是你！居然给我少跑一圈，加跑三圈，看什么看？！你当我在发呆呢？快点，麻溜给我跑起来！"任京墨板起脸，竖着眉，瞪着操场上偷懒的小男生，顿时把男生吓得麻溜地跑了起来。

任京墨不屑地一笑，哼，跟我耍心眼。

教了一天课的苏树荫，拿着课件疲惫地往食堂走去，可是一想到食堂里的饭菜，苏树荫脚步停顿，真不是自己娇气啊，白菜炖土豆就着白米饭，少油少盐，自己还不想做个养生少女呢。

"喂！在这干吗呢？"任京墨突然从后面拍了一下苏树荫，把苏树荫吓得一激灵，顺势就往后面甩了一巴掌过去。任京墨熟练地往旁边一躲，提起右手拎着的塑料袋说："喂喂喂，别打，别打，带你去吃好吃的。"

苏树荫疑惑地看着塑料袋，不信任地看了眼任京墨，他？这里穷乡僻壤的，最近的面馆还在李迎男家那边，他能带自己去吃什么好吃的？

任京墨对苏树荫的这个反应简直就是意料之中，他直接拽起苏树荫就往后山边的一处小泉眼走去。

"这里多温泉，可惜地处偏僻，所以没多少人来。我也是出来跑步的时候才发现的。来！跟我来！"任京墨小心地牵拽着苏树荫，走过通往泉眼的树林。

苏树荫被任京墨拽着，一步一步地穿过层层叠叠的树木花草、小尾松、黄桷、绕着树木的何首乌，一一扫过苏树荫的脸庞，被前方高大的男子挡开，仿佛劈开了一个小世界，苏树荫慢慢地蜷起手，回握住任京墨，眼角眉梢皆是笑意。

可惜一直专心开路的任京墨并未察觉，苏树荫只松松地回握住他，心底的隐秘开出了花。

"好了，我们到了。"任京墨回头，一脸期待地望着苏树荫。

苏树荫吓得急忙松手，所幸，一心在找路的任京墨并未察觉。

任京墨提着袋子三步两跳蹦跶到温泉边，将袋子里的食物全部掏了出来。

"你看，这是鸡蛋，温泉蛋吃过没？今天我煮给你吃。"说完，将一提鸡蛋小心地埋入土里，又从袋子里掏出一只还没把毛给拔掉的死鸡。用手边的小锄头挖了个洞将整只鸡都埋了进去。

一直站在旁边的苏树荫吓得急忙拽住任京墨："哎！哎！哎！毛都没拔呢，这怎么能吃啊。"任京墨大笑着把吓得半死的苏树荫拽到一旁说："这样做才好吃，你甭管，交给我就行，放心，到时候出锅了肯定能吃的。"

苏树荫无奈收手。任京墨在一旁又搜刮起他的小袋子了，可惜这次把整个袋子都倒过来，也没找到他需要的东西——调料！

任京墨抬起头，尴尬地望着苏树荫，呵呵一笑。苏树荫哪能不明白，就在周围的小树林里搜寻了起来，过了一会就拔了一大把开着小紫花的杂草走到温泉边，任京墨接过来，就着温泉水一点点儿清洗干净。

苏树荫在一旁，全身放松，躺进草丛里，枕着手臂望向天空。彼时天色将晚，远处连绵不尽的金色霞光，苏树荫听着任京墨在旁边不断鼓捣的声音，缓缓地闭上了眼，为什么？只要和任京墨在一起，自己就会感觉岁月静好，整个人可以不考虑任何东西，唯有当下。

"苏树荫，起来啦，起来吃饭了。"任京墨将苏树荫拽起来。

苏树荫看着已经从土里刨出来的土鸡，苏树荫皱眉望着这只鸡，灰突突的怎么吃啊。

任京墨不动声色，直接将鸡提起来，轻轻一拨，苏树荫就看着鸡毛随着泥土一齐剥落，鲜嫩的鸡肉伴着纯粹的肉香，不断撩拨着苏树荫的胃。苏树荫馋得不行，却看见任京墨不慌不忙地将刚刚采到的小杂草揉碎了涂抹在鸡肉上面，顿时清香四溢，香味蔓延开来。任京墨撕下一只鸡大腿递给苏树荫。

"喏，吃吧……"苏树荫接过来，犹豫地看了看任京墨，正被鸡肉烫得火烧火燎的任京墨，随意地摆了摆手说到："得了，别跟我客气了，吃吧。"

两人迅速地把一整只鸡分吃完，任京墨把煮好的鸡蛋掏出来，重新塞回袋子里，递给苏树荫让她晚上带回去和朱辅导员一起分着吃。

苏树荫和任京墨往回走，路上苏树荫终于把憋了一天的疑问问了出来："任京墨，早上……你为什么看见我那么为难还要走开？"

任京墨在前方放慢脚步走着，看着前方，未回头，也没有回答，只是一步一步，脚踏实地地朝着前方的目的地走去。

半个月过去了，苏树荫逐渐在教学生上悟出了一点自己的门道，任京墨则是每天在操场里冲各个班的调皮分子怒吼，不复首都清俊少年郎的样子。

这天，苏树荫向学校申请了一节户外语文课，带着一班的一群学生去附近的草地上寻找夏天的踪迹，这里的孩子因为老师少的问题所以上课不固定，有时候春天无课可上，夏天却课种丰富，难得孩子不像大人们那样斤斤计较，权衡利弊，炎热的夏天学习起来也是活力满满。

操场上，任京墨教完一场篮球课后，热得冲向山坡边的水龙头对着自己猛冲，李迎男脚踩高跟鞋，踉踉跄跄地走过来，就看见阳光底下，顶着一头湿漉漉头发的任京墨走过来，细碎的水珠四散成琉璃，溅在阳光里。

"李迎男？你怎么来了？有事吗？"任京墨揉着头皱眉

问道。

"哦，我……我爸说你来这也有段时间了，叫我喊你来家里吃顿便饭。"李迎男越说越小声，到最后居然罕见地红了脸。

任京墨看着李迎男，停了半晌回道："好啊，晚上吗？"

李迎男抬起头惊喜地望着任京墨，一路上自己都在想被他拒绝后自己应该怎么挽回颜面，没想到他居然答应了！

"是！是晚上，我、我晚上来接你。"李迎男笑着回答。

"嗯，那好。"任京墨礼貌地笑了笑。和李迎男摆了摆手，继续去准备下节课要用的器材。

苏树荫带学生们上完一堂课后，今天的课就结束了。天色还早，苏树荫想到前两天李阿姨让自己过去，说要教自己卤鹅，想了想拿起电话打给李阿姨。

李阿姨就是李迎男的妈妈，巧的是她和她丈夫都姓李，李迎男的父亲很晚才回家，李迎男又爱玩，所以这半个月苏树荫主要接触到的就是李阿姨和她的儿子李平安——李迎男相差只有两岁的弟弟。

"李阿姨，我来啦！"苏树荫举着一包调料，熟练地绕过客厅走向厨房。

"哎呀，树树来啦，来来来，阿姨刚做的卤鸡爪，给你装了一些，待会儿带回去吃。"李阿姨笑着将手里的保鲜盒递给苏树荫。

李阿姨这个人生活处处都透着精致，每次见她，身上只戴一两件珠宝，但次次不同，样样精致。

苏树荫聊天的时候才知道，李阿姨原先是省城的海关职员，兼职在一家播音室工作，一次偶然的机会遇到了李迎男的父亲。那时候李父的生意刚刚有了点起色，可是吃亏在乡音难改，在省城和人谈生意经常背后叫人耻笑，所以报了个班学普通话，从而结识了李阿姨。

李阿姨为了他来到这个穷乡，所幸李父争气，这些年日子倒比在省城过得还好。

"可是，李阿姨，你们一家为什么不搬到省城去住？哪怕是县城也比这舒服啊。"苏树荫啃着鸡爪不解地问。

"我们家老李不想搬，说什么生在这就要住在这，他们男人的事我也搞不懂，随他吧。"李阿姨把苏树荫带来的调料拆开，里面的调料被苏树荫细心地分成了一小袋一小袋，每次用拆一袋就行。

苏树荫看着在做前期准备工作的李阿姨，知道自己这是帮不上忙的，想到在二楼画画的李平安，苏树荫端着鸡爪，又泡了两杯蜂蜜柚子茶，端着向楼上走去。

"平安，在吗？姐姐进来啦。"苏树荫敲门后，轻轻地推开门。坐在画架前的李平安恍若未闻，仍然拿着画笔静静地画着。

苏树荫将柚子茶递给李平安说："来，刚泡的，慢点儿喝。"李平安抬头看了眼苏树荫，确定是自己熟悉的人后，才默默地拿起杯子一口一口地喝了起来。

苏树荫将李平安脸上粘着的油彩细心地擦掉，拿起鸡爪，用自己带上来的小剪刀一点点儿将肉剔出来，积累到一定数量后，又递给了李平安。

李平安吃了一口，可能是不喜欢这个味道，默默地将鸡肉又吐了出来，苏树荫无奈地将鸡爪捡起来，将地板打扫干净。等到李平安将柚子茶喝光后，将杯子收起来，帮李平安将掉下来的袖子重新卷好，才轻轻地带上门走了出去。

站在楼下的李阿姨无奈地冲苏树荫笑了笑："树树，难为你了，每次来都要帮我照顾平安。"还没等说完，李阿姨喉头就噎住了，用随身带着的丝帕压了压眼角，李阿姨笑着向苏树荫招手："来，树树，阿姨教你怎么卤鹅。"

苏树荫也不想李阿姨为此伤神，立刻走进厨房，一会儿问问卤料怎么煮的，一会儿问问鹅应该怎么处理肉才会嫩。好一会儿才将李阿姨的注意力转移开。

是的，李平安是失语者，这个逐渐被外面社会接受的病症，在这样一个小山村还不失为重大谈资，足以让那些守在家里的留守妇女们在茶余饭后闲聊不断了。

晚上，李迎男随着父亲，在李家的另一处小花园里接待了任京墨。

"来来来，京墨啊，这都来了半个多月了，还没请你吃餐便饭，实在是招待不周啊，招待不周。"李父举起手中的红酒杯，里面的葡萄酒是从法国一线产区空运回来的，芳香醇美。

任京墨见惯了这些场面，随意地举起酒杯与之相碰笑道："李叔叔客气了，这段日子事情比较多，也没来得及来拜会一下，希望李叔叔不要介意。"

李父顺势将杯子中的红酒一饮而尽，听到任京墨一改前段时间的称呼，改口叫自己李叔叔，想必是自己给任总送的礼见效了，这次的事大有希望。

"来来来，喝酒喝酒，要我说今天的菜烧得真不错，京墨你多喝点儿，喜欢吃啥就让你姨给你做。"李父重新将酒倒满，回头冲厨房喊到："阿萍，快点儿把菜端上来啊。"

话音刚落，厨房里一个生得清秀可人的女子就将刚刚做好的波士顿龙虾端上了桌。摘下围裙，李父口中的阿萍和李迎男坐在了一起，看起来竟是和李迎男年纪相若。

李迎男夹起一块虾肉，塞进嘴里，狠狠地嚼了起来，嘴上却笑着说："萍姨，下次别这么忙啦，整这么多菜也吃不掉浪费了，你有空可以多出去逛街啊，看电影啥的。"

陈萍听到老李的女儿这么说，羞涩地笑了一下说："我小地方的人，一去那些大商场就容易犯迷糊，找不着路，不如在家等着你爸回家。"

李迎男听到这话，气得都快噎着了心想：什么叫等我爸回家？我爸的家不在这好吧？！

李迎男皮笑肉不笑地点了点头，决定尽量少说话。

任京墨饶有兴致地看了看这个女人。呵，树树还在自己面前不停地说羡慕李父对李母鹣鲽情深，这么多年两人风雨同舟呢。

合着在这等着自己呢。任京墨默默地塞了口牛肉，假装什么事都没看到，继续和李父攀谈起来。

等到四人都吃得差不多，任京墨已经和李父把酒言欢，嚷嚷着下次再聚了。任京墨拒绝了李迎男送自己回宿舍，一个人踉踉跄跄踩着月色走在水泥路上。而已经躺在床上，由着陈萍服侍自己的李父也很是满意。

"阿萍啊，你觉得今天这个人怎么样？"李父打了个酒嗝，揉着陈萍软嫩的小手问道。

陈萍不耐烦地瞪了李父一眼，嘴里却柔声说道："这个年轻人，不急不躁，说话做事自有一套条理在，难得的是和你又聊得来，是挺不错的。"

李父点头，既然是这样，以后的事情就好办多了。

回到家的李迎男躺在床上越想越气，自己也是前不久随着老爸参加一个酒局，酒席间一个爸爸的老朋友喝醉酒说漏了嘴自己才知道。刚开始的时候老爸还顾忌着自己，又是给买车，又是给卡的。现在是笃定自己不会告诉妈妈了，反倒越来越肆无忌惮起来，招待这么重要的客人，还是自己的同学，居然就这么让这个女人堂而皇之地坐在自己旁边。

李迎男越想越生气，索性打开微信，看着躺在好友列表里的陈萍。想删又不敢，看老爸这个样子，是想让年富力强的陈萍给他生个健康活泼的儿子好继承家业呢。

李迎男扫了会儿她的朋友圈，二话不说将今天自己偷拍的照片配上一段文字发上了朋友圈："今天爸爸陪我招待同学，辛苦老爸了，比心。"发完，李迎男终于气顺了，盖被，睡觉。

苏树荫躺在床上，进行一天中最后一项运动——刷手机。翻了一会儿手机以后，苏树荫手指停顿住，紧紧地顶住手机，看着李迎男的朋友圈，隔着屏幕，苏树荫看见任京墨坐在红木桌上和李迎男的爸爸举杯，似乎在笑着说什么，李迎男举着手机，看样子是偷偷地来了张自拍。苏树荫越看越气，夹杂着一丝涩意，想了想把手机一关，盖上被子。

第二天清晨，苏树荫顶着一双黑眼圈来教室上课。刚准备进去就被原来的语文老师拉了出来。

"树荫啊，今天我来上课，你帮我去小娟家看看。"语文老师操着一口西南边陲味的普通话说。这里的老师都是兼职的，平常在家做农活，开学了就来学校上课，苏树荫来代课语文就是因为这个语文老师家里的活要做不完了，才让她来替。

"怎么了，小娟家有事吗？"苏树荫抱着课本，皱着眉头问。前两天自己不在，听朱辅导员说小娟的家人来把她接走了，此后几天小娟都没再来上过课了。

"还能怎么样，那丫头又听了她老子的鬼话，吵着闹着要去县城里当服务员。她老子也说去县里当服务员一个月有一千六百多块钱，还能去后厨打包好吃的饭菜回家，村西边的范家丫头就在县里的大酒店打工，说什么每个星期都能带鸡带鸭回来吃。"

苏树荫皱眉听完语文老师的话。小娟那个丫头很聪明，平常也很安静耐得住性子，记得自己初来的第一天，她还问自己，想到小娟懵懂的眼神，苏树荫决定去跑一趟。

"好，我去小娟家看看，麻烦您代下我的课了。"说完苏树荫将备课本和教材往桌上一放，朝大山里走去。

身后已经中年的语文老师，把围巾围在自己臃肿的身上，慢慢地走进教室上课。

苏树荫知道小娟家住得偏僻，但没想在这样一个小山村里，还要翻过一个山头才到。苏树荫站在土房子前面，看着摇摇欲坠的门板实在不好意思再敲门了。她冲里面喊："请问，小娟家在这吗？"

过了一会儿，里面传来鞋子踢踏的声音，小娟跟在爸爸的后面走了出来。

"你谁啊？来我家啥事啊？"小娟爸顶着一头鸡窝似的头发，掐着烟，眯眼打量着苏树荫，明显是不爽有人打扰了他的懒觉。

苏树荫不习惯被人这样打量，索性直接开口问道："我是新来的语文老师，看见小娟好几天没来上学了，所以过来问问。"

小娟爸瞥了一眼苏树荫说："哦，是新来的大学生吧？我们家小娟不上学了，准备去县里面打工，你们不用来了，一来讲半天。"说完就要转身往床上躺。

"小娟爸爸，你这样是不行的，九年义务教育……"

"一定要学完，这是国家的政策，不学完是犯法的。唉呀我都知道，可是你看看我家，看看！她妈那个贱人跟着人跑了，没学费了，小娟再不去打工，咱爷儿俩都得饿死。"小娟爸在床上翘着二郎腿，吧唧一口将最后一点烟尾吸掉。

苏树荫望着这样的男人，真是生平仅见。

"那你呢？你一个大男人，怎么能让小娟这么小就出去工作？"苏树荫拽过一直低着头的小娟问道。

"唉呀，我老了，当然要儿女来养着，要不我当初生她干吗。"说完小娟爸把破棉絮往脸上一盖，明显是不愿多话。

苏树荫轻轻地拉着小娟走到门外问道："小娟，你想读书吗？读好了书，你就可以走出大山有光明的前途。"

　　小娟望着苏树荫，轻轻地摇摇头说："苏老师，我不读书了，你看我现在就能走出大山啊。去县城当服务员有的吃有的喝，还有钱拿。范姐姐还说在酒店里还有大方的客人会给小费，比在家要干那么多活还要被我爸打强多了。"

　　苏树荫想摇头否认，可是话到嘴边却发现自己没有任何理由劝小娟读书，和她说白领与服务员的区别？她不会懂的，因为她从来没见过，眼前去大酒店当服务员才是能看见的一条好路。苏树荫低头沉默，突然从口袋里把自己带来的所有现金全部都掏了出来，塞给小娟说："老师不能说什么，但是你多点钱，日子也会好过点，老师先走了。"

　　说完就走上山路，返回学校。小娟愣愣地站在原地，捧着钱，好半会儿反应过来，回头看了看还在睡觉的父亲，急忙将钱藏到墙角的缝里面。

　　苏树荫走回学校，就看见语文老师站在操场上等着自己，苏树荫无奈地摇了摇头。语文老师仿佛意料之中一样，无奈地冲苏树荫笑了笑，重新回到教室里。下一堂课要开始了，她没有那么多时间为了一个学生的去留伤神。

　　苏树荫走回寝室，此刻正是上课时间，整排平房只有自己一个人，她倒在床上蜷缩成一个婴儿一样。

　　叮铃叮铃，电话铃响，苏树荫不愿意在这个时候和人沟通交流，索性假装没听见，任凭手机在那里响着。不知不觉苏树荫竟睡着了，一觉睡到天黑，抬头望了望外面的天色，决定起床去吃点饭。

　　"苏树荫？苏树荫你在里面吗？"门外的任京墨敲着门，担心地问道，自己今天刚从县里回来和叔叔那边的人沟通好，一回来就听见了今天上午的事情，着急忙慌地在厨房里煮好饭，谁知道怎么都联系不上她了。

　　苏树荫穿上鞋，慢慢地挪到门边把门打开说道："你来干吗？"

　　任京墨走进来，将碗往桌子上一放说："给你送饭啊，你看看你，一天都不吃东西，净在那睡觉，你不饿吗？"说完揉了揉苏树荫鸡窝似的头发，拉着她过去吃饭。

　　苏树荫坐在凳子上，看着桌上热气腾腾的饭菜，肉沫茄子、酸辣土豆丝下面盖着实实的一大碗白米饭，混杂着烟火气向苏树荫扑来。苏树荫拿起任京墨递过来的筷子，突然感觉有点别扭和骄傲，突然觉得自己也是傲气的小女生，可是……这是生平第一次有人对自己如此宠溺，平日里即便与自己相依为命的母亲，自己在杀鱼的时候割破了手，也只是拿点香灰给自己匆匆抹上，就去继续卖鱼了。

　　任京墨看着突然默默地流泪的苏树荫，顿时手足无措地站在一边，不知道该怎么办才能让苏树荫止住哭声。

　　"树树，你别哭啊，我……我……唉呀，你到底怎么了啊？"任京墨又拿纸巾，又递垃圾桶的。

　　苏树荫看着这样的任京墨，赶紧岔开话题说："没事，就是今天去小娟家去看她，你知道吗？我以前一直觉得自己很可怜，父亲爱赌，游手好闲还经常偷我的生活费，老妈也是一天到晚忙着卖鱼挣钱。我从小到大，只要一不上学，就要去菜场帮妈妈做生意。有的时候我的同学在那里抱怨开学了，不能到处玩，没法在家打游戏了，我却开心得不得了，终于不用每天从上午到下午都在杀鱼，一整天身上都是散不去的鱼腥味。"

　　任京墨第一次听见苏树荫说出曾经的过往，那些他很少接触到的人群，从未了解过的阶层，世事艰辛，只不过自己摊上好父母，早早就脱离了这些烦恼。

　　"可是树树，你考上了全中国最好的大学啊，你这辈子都不用杀鱼为生了，甚至以后你还能把阿姨接来享福，你有你的未来。"

　　苏树荫仰起头看着任京墨说："可是小娟，这辈子都不可能有这样的机会了。"

　　任京墨冲着苏树荫摇头，不知道应该怎么向她说明："树树，我们是来做支教的，不是来当救世主的，小娟她有她的家人，退学也是她自己的决定。"

　　"可是她还小啊，等她长大了她会恨死她的父亲，她会后悔今天的决定的！"苏树荫牵住任京墨的手，激动地说。

　　"等她长大，树树你也知道，这些都要等她长大以后再说。你觉得她父亲那个样子，会在乎一个女儿恨不恨自己吗？小娟现在出去工作孝敬他，他有钱了，出去找女人再生一个男孩才是他觉得正经要做的事，至于小娟……十年后，这里的人又有谁会记得她，即便记得，谁又在乎她十年后的际遇呢？"任京墨安抚似的拍了拍苏树荫的肩膀，有些事不是不能做，而是无力做。

苏树荫眼底的光逐渐散去，她知道任京墨说的都是实话，自己也才是个穷学生呢，如何能改变得了其他人的命运。

"不过……"任京墨像突然想起了什么一样，皱着眉头想了半天。

苏树荫望着任京墨，他素来聪明，没准真有什么法子也说不定。

"不过，你如果能让小娟自己察觉到这个决定是错的，倒是没准能挽回局面，让她重新回来读书。"任京墨望着苏树荫，眼底仿若深潭。

"小娟的妈妈听说和她爸离婚以后，就跟了一个能做她父亲的男人享福去了，平常在学校里，谁要是提起了她妈妈，小娟就会一直哭，班里的孩子现在谁也不敢提了。"苏树荫摆弄着手里的饭勺，犯难地说。

"别人不提，但是小娟会提啊，她这个年纪，是最依赖父母的时候，如果能找到她母亲，说动她，小娟就会回来上学了，而且有她妈妈出面，她爸爸那边应该也好解决一点。"任京墨望着窗外无边的夜色，双手抱着肩膀，似乎起风了，秋天是不是也快到了？

　　苏树荫眼睛一亮，点头说道："好，那我明天再去一趟她家。"

　　"嗯，那好，树树你早点休息。"任京墨起身，准备出门。

　　苏树荫也跟着起身，准备送任京墨到门外，谁知刚刚走到门外的任京墨突然回转身，抱住苏树荫，头埋进苏树荫的颈间，轻轻地说："树树，尽力而为，如果……实在不行，就算了。不要为难自己。"

　　苏树荫愣愣地站在那，好一会儿才缓过劲来，抬起手准备回抱住任京墨，哪知任京墨突然起身，快步朝外走去。

　　苏树荫看着任京墨匆匆的步伐，眼底的笑意渐渐浮现。

第 七 章

翌日清晨，苏树荫早早订好了去县城的包车，提着一袋子土豆再次来到了小娟家。

"小娟爸？小娟爸在家不？"苏树荫走进院子，上次那扇摇摇欲坠的木门终于光荣下岗，成了门口鸡窝的天花板。

"谁啊？唉呀，怎么又是你啊，都说了！小娟不回去了，你怎么还来啊？"小娟的父亲皱着眉头，一脸不乐意地瞪着苏树荫说。

"小娟爸，这不今天我放假，想带小娟去县城玩，你看能不能让小娟和我去一趟？"苏树荫将一大袋土豆放下来，笑着说："你看，这土豆我也吃不完，小娟爸要是不嫌弃的话，就拿去吃呗？"

小娟爸看着老大一袋土豆，难得有人给自己送吃的。看了看苏树荫，随意地摆了摆手说道："好，好，好，那你们快去快回啊，小娟晚上还要回来烧饭呢。"

苏树荫得了小娟爸的同意，忙将小娟唤出来，其实从苏树荫进门的时候，在门外头刨地瓜的小娟就听到了。听到苏老师要带自己去县城玩，小娟高兴得不行，急急忙忙把自己的小书包一背，里面是妈妈上次来看自己偷偷塞给自己的零花钱。

这次去县城，可以买点好衣服了。小娟想，毕竟自己马上就要去大酒店工作了，再穿着破旧的校服实在不合适。

苏树荫拉起小娟的手，两人翻过一座山头，坐上来拉货的货车，一路摇摇晃晃，终于在三个小时后到达了县城。

"哇，小苏老师，你看那个绑头发的绳子好漂亮啊。"小娟开心地指着路边一个小摊说。苏树荫随着小娟指的方向望过去，原来是个粉红色的发绳，上面穿了白色的塑料珠子。

苏树荫低头看了看小娟灰突突的发绳，走过去掏钱买了一盒发绳回来递给小娟："来，以后小娟可以每天都换新发绳啦。"

"谢谢老师！"小娟接过塑料盒，不断地摆弄着。

苏树荫终于走到今天的目的地——小娟说要打工的那家大酒店。苏树荫立在原地，看了看两层的小楼，外墙漆成了传统的大红色，上面霓虹大灯上写着"×××国际大酒店"。

苏树荫望着站在一旁莫名其妙的小娟，笑了笑拉起她的手说："老师今天当一回土豪，带你去吃好吃的，怎么样？"小娟听到连忙点头，过了一会又想了想说："小苏老师，我听说里面的东西很贵的，你请我吃是不是不太好？"

苏树荫回头对小娟说："没事啊，偶尔吃一次，老师也有嘴巴馋的时候。"

小娟想了想，很郑重地说："那好，这次小苏老师请我吃，等我领了工资也请小苏老师来这里吃一餐。"苏树荫回头惊讶地望着小娟，过了会儿笑道："好啊，等以后小娟拿了工资，也请老师来这里吃一餐。"

等走到酒店里，苏树荫望着来来往往面带微笑的服务员，暗叹：没想到在这样一个西南边陲的县城，居然能把员工训练成这样，难怪小娟说这里工资高，看来这个酒店的老板也有一手，能留得住人。

苏树荫翻着菜单，越看兴趣越高，没想到这里的菜色居然这么丰富，居然还有毗邻国家的菜色。早在一旁等候的服务员看着苏树荫对这些菜色很感兴趣的样子，忙温声细语地说："美女好眼光呢，会点菜。我们这里的东南亚菜很有名的，是专门请了国外的师傅来做的，经常有外地客人专门开车来吃呢。"

苏树荫听完更惊讶了，一个小县城的酒店，外表看起来平凡至此，怎么里面会不亚于任何一家星级酒店？

一旁的小娟早已经等得饥肠辘辘，干脆站起来摇了摇苏树荫的袖子说："老师，我们点菜吧，我好饿啊。"苏树荫看了看人小鬼大的小娟，宠溺地点了点头将菜单递过去。

小娟接过菜单，看了看上面的价格，再看了看旁边诱人口水的图片，假装淡定地对着服务员点了几道便宜的蔬菜，就忙不迭地想将菜单还给服务员。

苏树荫在一旁越看越开心，这个小丫头片子啊。

"来，把你们店里比较有特色的几道菜，一样来一份吧。"苏树荫望向服务员，示意加菜。

服务员还是温声细语说好，无论是对着小娟还是对着苏树荫都是一样的态度。苏树荫满意地点了点头，示意可以了。

很快，苏树荫这桌点的菜就全部上桌了，小娟学着苏树荫的用餐方式，一点点地喝着罗宋汤。苏树荫和小娟终于吃完了这一餐饭，苏树荫领着小娟准备离开，却听到隔壁桌一个五大三粗的男人操着一口外地口音冲着刚刚的服务员一声吼道："妈的，你是想烫死老子啊，上这么烫的茶？"

刚刚的那位服务员顶着一身的茶水，脸上明显已经被茶水烫红了，却还在那里不断鞠躬道歉说："对不起，对不起。"

急急忙忙赶过来的大堂经理，先骂了服务员一句，让她走开，然后笑着对男人说："先生实在不好意思，这样吧我们送您一张一百块钱的代金券，希望您大人不记小人过。以后我们一定注意。"

男人望了眼不断鞠躬的大堂经理，仍然抱着手臂在那里骂骂咧咧，大堂经理看了看周围越来越多的人，擦了擦额头的汗说："这样吧，您这餐我们免单，另外再送您三百块钱的代金券，您看怎么样？"

男人想了想，假装不屑地点头说："嗯……这样还差不多。我是看在你们态度好，才不和你们计较的，现在像我这样好说话的人可不多见了。"大堂经理听了，连忙笑着附和道："是的，先生，其实都怪我们服务不周。祝您这次用餐愉快。"说完，拉着服务员就准备走开。

一旁的小娟也许是知道将来自己也要来这里工作，对服务员的遭遇有同感，直接跳出来指着那个男人说："你撒谎。明明是你自己用胳膊撞了茶壶，它才翻倒的，你居然还在这里臭不要脸吃白食。我们县城不欢迎你这样的人。"

刚刚闹事的男人，回头看了看小娟，见她只有女生陪同着，顿时不屑地说："去去去！我不和你这种小丫头计较，赶紧滚！"

小娟听了更气了，直接跑上去踹了男人两脚，男人感觉到小腿一痛，看了看瘦小的小娟顿时火不打一处来，举起手就要扇过去。

"住手！"苏树荫和陈萍同时冲着男人吼道。

陈萍踩着高跟鞋，一把扑过去把小娟抱了起来，让身后的保安把男人架走。

苏树荫急忙跑过来想把小娟抢回来，就看见小娟亲昵地环抱着陈萍的脖子，撒娇地说："妈妈，你不是出差了吗，我好想你啊。"陈萍用鼻子点了点小娟的鼻子说："我知道你想我，这不老妈刚忙完就赶回来啦。"

苏树荫疑惑地望向小娟的妈妈，看她这一身穿戴，不像过得不好的样子，怎么还把小娟放在那个穷山沟里，跟着爸爸吃苦？

小娟猛地想起小苏老师，回头看见她还安静地站在原地，连忙笑着向陈萍说："妈妈，这是我的语文老师，她叫苏树荫。今天就是小苏老师带我来县城里玩的，她还请我吃饭呢！"

陈萍听完，打量了一下苏树荫，随后笑着说："麻烦小苏老师了，这么晚了留在这吃顿便饭再走吧？"

苏树荫本想拒绝，可是想了想任京墨说的话，笑着回道："那就却之不恭了，麻烦小娟妈妈了。"陈萍笑了笑，回头吩咐大堂经理说："去把牡丹厅开出来，我要请小苏老师吃饭。"

一旁的大堂经理连忙点头回道："好的，老板，我这就去吩咐厨房和服务部。"

陈萍礼貌地点了点头，眼底的自傲却流露得不剩半分。

坐在豪华的牡丹厅里，苏树荫望着墙上挂着的牡丹图，不同于世面上的国画牡丹，这幅牡丹图是油画的，苏树荫看着这幅油画的构图，凑近看了看落款，果不其然是中央美院那位成名日久的油画大家。任京墨曾经带自己去看过那位大师的画展，一幅画的价值难以估计。

苏树荫玩味地看了眼陈萍，越发觉得这个小娟的妈妈不简单，看她样子绝对不是那种没有脑子任人拿捏的女人，为什么放任小娟跟着爸爸受苦，还不愿意将小娟接到自己身边？

苏树荫这样想着，索性就问了出来："小娟妈，我有个疑问，不知道能不能问下你。"

陈萍刚刚夹起一只帝王蟹的蟹腿，将里面的肉剔出来递给小娟。听到苏树荫这样说，连忙笑着回道："小苏老师，你说，有啥事你就问。"

苏树荫看着玻璃杯里的茶叶起起伏伏，笑着说："小娟妈，其实我一直想问你，为什么你现在条件这么好了，还要把小娟留在她爸爸那里，你知道吗？小娟就要辍学，在你的酒店里当服务员，你……不知道吗？"

陈萍慢慢将口中的菜嚼碎，咽了下去，回身笑着对小娟说："小娟，妈妈要和你的苏老师聊点事，我让吴叔带你去酒店里的游乐场玩好吗？"

小娟望着一脸严肃的小苏老师，和突然安静下来的妈妈，听话地点了点走了出去。

陈萍看着小娟离开屋子，才站起来走到苏树荫的身边坐下，还没开口哭腔已现："小苏老师，我知道您瞧不起我，村子里肯定都传开了，说我在给人家做小，尤其是像你们这样的高材生，恐怕要不是为了小娟，连话都不稀得和我说的。"

苏树荫想否认，可是她说的确实是实情，像她这样靠着男人过好日子，还破坏人家家庭的女人，自己确实不愿与这种人深交。

陈萍止住哭声，自嘲地笑了一下说："可是我有什么办法？！小苏老师你知道吗？我十三岁就嫁给小娟她爸了，嫁人的当天上午，我还在家里帮我妈做活，下午就套了个红头花，穿了个破红棉袄就嫁过去了。本来我以为嫁人了会比在家舒服一点，可谁知道小娟她爸是个窝囊废，吃喝玩乐比谁都跑得快，一到干活就没影了，你知道吗？我一个人！一个人！大晚上的走丢了，他都不去寻，说怕黑。"陈萍越说越伤心，捂着嘴巴，眼泪止不住地往下流。

苏树荫无奈地递了张纸巾过去说："都过去了，过去了，可是小娟妈你现在看起来过得很好啊，怎么忍心让小娟吃你曾经吃过的苦？"

陈萍笑了笑说："就是不愿意让她吃苦，我才把小娟接过来的，等她对这边熟了一点，我再让她重新去读书。"

听到这，苏树荫是愈发不懂了，怎么不让小娟继续在村里读书，时机合适了直接转到县里来享福，熟悉环境这个理由未免太牵强了些。

陈萍看着苏树荫，想到她刚刚紧张女儿的样子，顿了顿说："小苏老师，其实……村里也不太安全…"

苏树荫疑惑地望向陈萍，一个小山村，除了自己这样的志愿者平时连个外人的影子都没有，怎么不安全了？苏树荫还想再问，陈萍已经出去找小娟了。

村子里，任京墨拿着一袋子水果走进烧砖厂，正好砖厂里的工人吃完中饭。

任京墨将苹果一个个递给工人，发到最后还剩几个，任京墨拿起其中一个随意地放在袖子上擦了擦，蹲到小组长旁边问："哎，何大哥，怎么我看你们这都半个月了才出工几天啊，这样子怎么养家啊？"

任京墨口中那个姓何的小组长咬了一口苹果不在意地说："不上工才好呢，工资还不是照发给我们，而且这活也不轻松。"

任京墨急忙问道："怎么个不轻松法？"那个姓何的组长吐了唾沫在地上说："三更半夜的就叫人起床拉货，一卸就是一晚上！要不是看陈老板给的工资高，老子早他妈不干了。"

任京墨眼睛一亮问道："陈老板？这里不是李老板的产业吗？"何组长手比在嘴巴上，小声地嘘了一声说："小声点！我说你个学生娃怎么问题这么多？不该问的你别问！"何组长说完把苹果核一扔就要离开，任京墨连忙拽住何组长，递上一支烟说："大哥，大哥！我就是顺嘴一问，你咋还火气上了呢？"

何组长把玩着手里的中华，里面隐隐约约露出一角粉红色的纸张来，何组长捏了捏厚度，皱着眉厉声问道："你到底是什么人？"任京墨看了看何组长，望了望四周，终于将此行的来意一一说清楚。随着任京墨的话，何组长的脸色渐渐凝重起来，他不是目不识丁的农民，要不然也不会当上小组长。可也不是学识深厚的远见之人，否则也不会直到今天还察觉不到这座砖厂的异样。等到任京墨说完，何组长慎重地看了他一眼问道："你说的是真的吗？"

任京墨点了点头说："你想想，我也不会在这种事上撒谎。你要想清楚，值得为了这每个月几千块的工资，断送你的后半生吗？这件事一旦闹出去，就算你说没责任，以后也不会有人敢雇佣你了。"

何组长再次打量打量任京墨，看了看手里的东西，想了半晌说："好！就这样吧，到时候我会把你要的东西给你，但是你得保证要保密，不能让任何人知道是我干的。"

任京墨点头说道："你放心，我会告诉我叔叔的，到时候他会给你安排一份司机的工作，虽然没有现在工资高，但足够你维持生活了。"

何组长点点头，装作若无其事地走开，任京墨看了看这座砖厂，初来时觉得这里平平无奇，就像全国各地任何一个小砖厂一样，现在看来却是森森之气，任京墨情不自禁打了个冷战，脚步匆匆地赶回学校。

一周后，何组长如约将晚上偷拍到的图片发到任京墨的手机上，任京墨立即将图片转发给叔叔，过了好一会，叔叔才在手机上回了三个字："好！好！好！"

任京墨看到这三个字就知道事情已经办理妥当，不待叔叔的人来接自己，任京墨就迅速打电话给苏树荫。可惜这一周来，自己忙于此事，与苏树荫交流不多，现在拨打电话，苏树荫却半天不接电话，任京墨坐在行李箱上急得心如火烧。

学校里的志愿者连着学生一起，已经被县教育局的人接走，说是交流学习。村子里的村民大多数都出外打工，仅剩的几十位老人家也被县文明办接走，说是进行爱老宣传活动。此时的村子里，除了那座还在烧砖的砖厂，已经空无一人。任京墨久等苏树荫不至，看着天色渐晚的村子，望了望已经打包好的手提箱，咬牙决定冒险出去寻她。

就在这时，任京墨的门被敲响。

"京墨，京墨，你在吗？"门外的李迎男穿戴一新，新做的栗色卷发自然地垂下，将她原本微黑的皮肤也勾勒得五官柔和，艳光四射。任京墨无奈地打开门，看见这一身珠光宝气的李迎男也是一愣，李迎男望着呆呆地看着自己的任京墨自得一笑，娇声说："怎么？不请我进去坐坐吗？"

　　任京墨望着远方还是毫无动静的砖厂，侧身将李迎男迎进了屋子。李迎男小心地踩着羊皮高跟，微微侧身学着礼仪老师教的那样，将三分之一的屁股坐在凳子上。可谁知这村里的凳子不稳，有条腿缺了一角，平常坐着还好。李迎男这样一坐上去直接往前一倒，就要脸朝下栽在水泥地上了。

　　任京墨本来还在拿着手机狂打苏树荫电话，听到响动急忙上前一步，拉住了李迎男。得亏任京墨反应快，又手长脚长，否则今晚李迎男就得进医院了。

　　李迎男扶住任京墨的手臂，重新坐了起来。闻到任京墨身上散发出来的似有若无的少年气息，李迎男也情不自禁地红了脸，她虽然家里有钱，但奈何被惯得不像样子，目中无人惯了，又因着外貌随了父亲，不似母亲温婉动人，所以直到今天也没有和男生过多地亲近过，何况是像任京墨这样，在众多男生中也算是佼佼者的人。

　　李迎男强装镇定，矜持地谢过任京墨又重新坐回椅子上。

　　此时的苏树荫正坐在陈萍的车上，这周难得陈萍有时间，苏树荫就带着小娟过去县里看她，这是她和陈萍的约定。毕竟如果是陈萍自己提出想看小娟的话，小娟爸又要闹来闹去，最后受苦的还是小娟。

　　可谁知今天陈萍应酬晚了，平常不会这样，哪知道那批货提前到了，作为李父口中能带得出去的女人，陈萍自然要坐在席上周旋一二。

陈萍揉了揉酸痛的眉角，将已经熟睡的小娟搂紧，坐在后座的苏树荫被崎岖的山道颠得晕晕乎乎，好一会儿车子终于驶进村子里。

苏树荫被一阵嘈杂的声音惊醒，循着声音望过去，就看见陈萍发了疯似的往山林里跑去，后面紧紧地跟着一队荷枪实弹的警察。被丢在路边的小娟呆呆地站在那里，连话都说不出，只晓得看着自己的妈妈被扭送着上了警车。

苏树荫反应过来，连忙捂住小娟的眼睛，准备将她抱回车上。小娟手里紧紧抓住刚刚在县里商场逛街时陈萍给她买的绒毛熊，其实她早已过了需要玩具陪伴的年纪，即使一个人守着地里的稻谷也不会害怕。

苏树荫心疼地摸了摸小娟，将她抱进车后座，笨拙地摇摇晃晃着，哼着记忆中母亲给自己唱的儿歌。

李父手里拿着一把大砍刀，看见停在路边的汽车眼前一亮，狂奔着跳进了车里，察觉到后座的苏树荫两人，李父将大砍刀狠狠一挥说：“都给我老实点，否则你们就等着厉害！”

苏树荫搂紧小娟，急忙点头，努力缩进角落里。李父满意地看了她们一眼，将车钥匙一转，猛踩油门，向省道的方向驶去。

　　任京墨和李迎男早在警车开进村里抓捕李父的时候就已经冲了出来。李迎男呆呆地看着父亲被捕，随后父亲又挣脱逃跑。恐惧和不安将她紧紧包裹。

　　任京墨头一次看见，嬉笑怒骂的李迎男站在原地，身子抖得像个筛子似的，他慢慢地拉起李迎男，想将她带离这里。

　　"不好！他逃跑的车上有两名人质。"不远处的警察一声怒吼，包围着砖厂的警车迅速启动，追着李父逃跑的方向飞驰而去。任京墨回头看着远处灯光闪烁的车道，回头牵起已经呆住的李迎男，心里想：恐怕是两个不小心路过的外地人，不知道怎么开车开偏到了这里。

　　坐在车上的苏树荫一只手紧紧地环住小娟，一只手握紧车上的把手，看着平日里永远笑呵呵、老好人的李父像只脱笼的疯狗一样，一边打电话说着自己听不懂的东南亚话语，一边驾驶着车子四处逃窜。

　　"砰"的一声，后面车上的警察击中了车子的轮胎。整辆车打着旋在省道上行驶。李父回头恶狠狠地盯住苏树荫，手伸向大砍刀。

　　苏树荫看见李父这样的行动还有什么不明白的，她把小娟往车门外一推，此时的车速已经慢了下来，小娟落在路旁的草丛里。苏树荫一边假意要踹向李父，一边往车外跳去。李父不察，往旁边侧身想躲过苏树荫的脚，苏树荫顺着力道摔在了坚硬的水泥路上。

后方的警察迅速赶到，将李父制服，苏树荫捂住自己已经断了似的胳膊，手上脸上全部都是擦伤。此时，天将明，苏树荫抵不住昏了过去。

任京墨静静地看着还在哭噎不止的李迎男，屋子外面都是抱着头蹲着的砖厂员工，闻讯赶来的妇人们听到警察说的话哭得死去活来。

原来李父打着开砖厂的幌子，私下买卖人体器官，通过边境小国的渠道，大发横财。

李迎男紧紧地揪着自己刚买的三万名牌裙子，在这狼狈的清晨也并不比几十块一件的短袖来得更体面。

任京墨静静地守在门口，看见垂着头出来的李迎男，将手边的热水和早餐递给她。看着一贯张扬的李迎男缩手缩脚地坐在一旁，小口小口地啃着馒头，任京墨心里一丝愧疚逐渐蔓延开来。

"都是你，都是你们家！我男人要是进去了，我可怎么活啊！"刚刚从屋子里出来，接受完询问的妇女，挥着她久做粗活的大手，一把揪住李迎男昨天新做的头发，狠狠地一揪。平日里养尊处优，被李父李母保护得严严实实的李迎男何曾见识过这样的阵仗，顿时被带得摔倒在地。周围的妇女也跟着过来，对坐倒在地的李迎男又打又骂。

任京墨气血上头，罪不及家人！他冲过去将李迎男拉起来护住，带离此地。本来坐在房子里的任叔的部下看着这样的局面也是气不打一处来，将闹事的人都制止住后，快步跑到任京墨身前，看见他没有受伤才算松了口气。

"京墨，我们已经结束行动了，你是跟我们的车回省城见你叔叔，还是待会儿自己走？"一旁的老牛问任京墨。

任京墨想到从昨晚就联系不上的苏树荫，想了想说："我再过一天再走，牛叔麻烦你把这个女生带回省城，她是那个村长的女儿，再留在这里不安全。"

任京墨口中的牛叔点点头说："好，那你自己也要注意安全。那个姓李的同伙还没有全部逮捕，你还是搬到县里的警察局去住，我会和他们打好招呼，毕竟这件案子，你算是立了大功了。"

任京墨点点头，听从牛叔的建议，准备去到县里再打听苏树荫的消息。站在一旁的李迎男此刻却紧紧地环抱住任京墨的手，说什么也不让他离开。

李迎男望向任京墨眼泪直流说道："京墨，你别丢下我啊，我知道我爸做错了，可是我什么都不知道、什么都没做过。"任京墨看着哭得上气不接下气的李迎男，实在不忍。抬起头对牛叔说："既然这样，还是让我同学跟着我去省城吧。"

牛叔看了看娇小的靠在任京墨身上的李迎男，看她这个样子，应该真的不知道自己父亲做的事。他冲任京墨点了点头道："好，就这样吧，那我们就出发吧，正好我们也要路过县里。"

县城里，警局内。因为惊吓过度而晕过去的苏树荫早已经醒了过来，右臂的脱臼也得到了治疗。苏树荫吊着一只胳膊拉着小娟，刚刚接受完询问走出来。

一旁停车场里的任京墨刚一下车，就看见吊着绷带的苏树荫从警局里出来，他冲过去看着苏树荫激动地说道："怎么了？你怎么受伤的！？"跟在后面的女民警还以为出了什么事，连忙跑过来看。结果看见任京墨这副模样扑哧一声笑了出来，这位爷在看见那些器官的时候都面不改色心不跳，现在倒是紧张失措成这样。

"这个女生和她牵着的小女孩昨晚被嫌疑犯劫持了，所幸后来我们及时赶到，她只受了点轻伤。"女民警把小娟的手牵起来，朝警局的食堂走去。

任京墨紧紧地盯着苏树荫，心痛难当。没有想到因为自己的粗心大意反而让苏树荫受到伤害。任京墨抓住苏树荫的手，准备带她去医院再看看："树树，对不起……都是我的错，我……我以后绝对不会让你再这样了。"任京墨结结巴巴地说完，嘴笨到不知该怎么向苏树荫说。

苏树荫看见任京墨紧张地望向自己，心底甜蜜不断翻涌，她伸出手小心翼翼地牵住任京墨，也许是第一次主动与人亲近，苏树荫的手一直在微微颤抖。还在自责中的任京墨突然手上一暖，看着牵住自己的小手，肉肉的手窝，自己不知道在暗处看了多少遍。

任京墨心潮澎湃，迅速地就想回握住苏树荫。

"京墨，我……的卡都被冻结了。"一旁的李迎男手里紧紧地抓住手机，靠着车身求助似的对任京墨哭着说。

苏树荫在李迎男说话的那一瞬间就已经吓得将手缩了回来，任京墨握了握手，无奈只有空气。他走向李迎男说："迎男，这是正常的，你爸爸的钱都是来路不正当的，所以警方在确认了相关事实以后就将你爸爸名下所有的财产都冻结了，理所当然的，你拿着你爸爸的副卡，也会被冻结住。"任京墨向李迎男解释完，就想带苏树荫离开。

在这里耽搁的时间已经够久了，马上就要开学了，树树今年应该能够申请国外交换留学的项目了，自己要赶紧带她回学校准备。

"可是……可是，我的学费还没交啊！"李迎男无助地喊道，以前自己花钱大手大脚，没钱了就向爸爸要，现在根本不知道要怎么应付这种局面。

苏树荫回头对李迎男说："迎男，你不只有爸爸，你还有妈妈，我来的这么长时间里，她一直盼着你能去陪陪她。"

李迎男愣愣地看着他们，缓缓点头说："对，你说的对，我还有妈妈。"说完就疾步朝外面走去，此时此刻所有的虚荣和攀比都没有了，只有家人才是最真实的、最靠得住的。

　　李宅内，李母坐在客厅的红木沙发上，看着对面的警察交给自己的一沓厚厚的证据材料，这是警方搜集的李父的罪证，累累罪行，有的时间久远到打印出来的照片都模糊不清。

　　"我……我以为他就是个小村主任，虽然喜欢钱，但是还是……还是好的，这叫我怎么活啊！"李母越看越心惊胆战，到最后完全瘫倒在沙发上，这件事一出当真是此生无望了，可怜自己的平安和迎男，这么年轻就要受尽苦楚了。

　　李迎男走进客厅，就看到这一幕，一屋子的警察把本来宽敞的客厅挤得满满当当。李迎男想到爸爸经常带着自己参加的酒局，那些操着古怪的普通话的叔叔，自己在一旁端着酒穿着大牌高级定制，那些叔叔笑着望向自己，听着自己报出校名，惊讶地对爸爸说后继有人的画面。李迎男的脚步一步步往后退，恐惧与心虚蔓延到了她的全身。

　　李母余光看见门口的李迎男，心中一喜，心想自己的宝贝女儿总算回来了，一个常年在家没有过多接触外人的女人，还要带着个有着自闭症的儿子和警方交流，天知道李母已经是强弩之末了。

　　可惜，她左等右等都没等到自己的宝贝女儿进来，李母再也忍耐不住望向门口，可惜那里空荡荡的一个人影也没有，风吹过，花园里的羊角花纷纷落下，秋已至。

火车上，苏树荫因为连日来的劳累，又不舍与小娟分离伤心伤神，所以一上火车就沉沉睡去了。任京墨坐在对面的床铺上，看着睡得满足自在的苏树荫，笑得春光灿烂。

而李迎男就没有那么好的待遇了，因为所有的卡都冻结住了，家人还在警方的监控中，所以李迎男连回校的车票都是朱辅导员帮她买的，可惜买的时候已经临近归期，李迎男只有一张无座的站票，苏树荫看着瑟缩地挤在硬座间的李迎男实在不忍，提出可以与李迎男共用一张床。

任京墨望向坐在床尾，要搁在以前恐怕连这卧铺都不稀得坐直接一张机票飞回首都的李迎男。他叹了口气，无论对错，李迎男如今这样自己多多少少有些愧疚。

"列车员，麻烦补票。"任京墨招手唤来火车上刚好走过来的列车员，从小牛皮的钱包里掏出一张卡，列车员看了看任京墨和挤在一张床上的两个女孩，恐怕是来不及抢票的学生，想来也不容易。

"还好，刚刚还剩一张床铺有人退票。"列车员打出车票递给任京墨。李迎男看着任京墨一系列的动作，知道这是任京墨给自己买的。想起这些天父亲倒台，原来那些恭维自己的人都冷嘲热讽，唯有任京墨待自己不但越来越好，甚至因为他的家世，那些人也不敢对自己太过分。

"京墨，谢谢你。"李迎男低声对任京墨说道，眼里是化不开的深情，可惜任京墨一直看着仿佛睡得不怎么安稳的苏树荫，深怕她一个翻身不小心会滚下来。

李迎男低着头，一直得不到任京墨的回应，一抬头就看见平常傲气逼人的任京墨，温柔地俯身把苏树荫踢掉的被子给她重新盖上。

"嗯？你刚刚说什么？"任京墨察觉到李迎男的视线，侧头随意地问了她一句。

"没事，就是说想谢谢你，这么多天都对我很照顾。"李迎男脸色尴尬地望向任京墨，语气却还是一如既往地甜腻。

"哦，没事啊，迎男……人都有遇到困难的时候，只要扛得住，你以后的生活肯定会重新好起来的。"任京墨回以淡淡的笑，努力让自己的声音不会惊醒苏树荫。

"你说的是真的？我……我成绩不好，在这样的学校里都不知道能不能毕业。"李迎男越说越小声，暗恨曾经的自己在学校不努力读书、发展自己，到了如今连千辛万苦考进的名牌大学都不知道能不能顺利毕业。

任京墨看着又重新沮丧的李迎男，连忙绞尽脑汁说道："不是啊，你能考上这所大学，说明你还是很有实力的，而且你又不丑……五官、五官端正，对！你以后肯定会越过越好的。"

"真的？我……我不丑？"李迎男眼睛瞬间亮了起来，抬头望向任京墨。

任京墨善意地冲着李迎男笑着，希望她能够从这次事件中走出来。

一旁铺上假寐的苏树荫轻轻地翻了个身，将自己蜷缩进床铺内侧，不想再听见两人的对话。

任京墨看见苏树荫翻了个身，盖着的被子随着动作掉了下来，急忙将被子捡起来，想给苏树荫重新盖好。"啪"的一声，任京墨看着自己被抽得瞬间通红的手，莫名其妙地看着苏树荫，苏树荫回头扫了一眼他，解气地说："打蚊子，刚刚一直在我耳边嗡嗡叫，吵得我睡不着。"

"火车上空调都开着啊，树荫，没有蚊子的。"李迎男瞪大眼睛，小声说道。

苏树荫看了眼瑟缩在自己床尾的李迎男笑着说："哦，那可能我比较招蚊子吧。"任京墨坐在一旁，听着两个女生的对话莫名其妙，不过看到树树好不容易睡着，就又被蚊子吵醒，赶紧从行李箱中找出早已经备好的驱蚊手环说："树树，你绑一个这个睡吧，这是新研发出来的手环，我用了下确实效果不错。"说完就要给苏树荫绑上，谁知刚碰到手就被甩开了，任京墨拿着驱蚊手环坐在那，再好的脾气也不会任人搓揉捏扁，任京墨缓缓地深吸了口气说道："树树，你今天到底怎么了？！"

苏树荫不耐烦再理他，想想刚刚的事情，越想越气。火气直冲地说："没什么，刚睡着，被蚊子吵得生气！"

任京墨无奈，若是旁人恐怕他早一甩手，就不理睬了。可是这是苏树荫，是树树。他缓了口气："那好，你睡吧。"

在一旁一直不说话的李迎男突然开口，指着苏树荫扔掉的手环貌似很好奇地问："这个驱蚊手环真的那么神奇吗？能驱走蚊子？"任京墨没好气地点了点头说："是啊，最新研发出来的，确实比较好用。"

李迎男走过去捡起来，蹲在地上仰着头小声问道："那我能要一条吗？"

苏树荫本来就已经火气很大，听到刚刚在那里说没蚊子，现在又和任京墨攀谈起来的李迎男，更是脑子一热，直接坐起来，一把将李迎男手里的驱蚊手环抢过来说："不好意思，这是我的！"

李迎男蹲在地上，空举的手慢慢收回，像忽然想起了什么似的，小声而又卑微地对苏树荫解释道："树荫，对不起啊，我只是很好奇而已，没想到……你不要了……又，不过没关系，京墨会再给我一个的，对吧？京墨。"说完转头笑着望向任京墨，眼里的泪水似要夺眶而出。

任京墨看着这样的李迎男点了点头说："是，我会再给你一条的。"

李迎男听了，瞬间笑容满面，眼角眉梢都是得意，不过李迎男迅速地低下了头，不想让人察觉。

"但是，驱蚊手环不是我给你的。而是树树给你的，因为我带驱蚊手环来的目的就是为了树树不让蚊子咬，她天生招蚊子，经常别人在那里闲聊无事，她却被叮的满腿都是包。"说完任京墨从行李箱里找出一条来，递给李迎男。

李迎男的脸色渐渐垮了下来，勉强接过驱蚊手环，紧紧地捏在手里，半晌才咬着牙说了声"谢谢"，心里却想着，若是曾经的自己哪需要这样低声下气，这样的手环自己恐怕根本不稀得带，可惜今时不同往日，想要要好东西就得自己去挣，手环是，男人也是。

一路舟车劳顿，支教一行人和李迎男一起回到学校，适逢新生开学，整个学校里都是一脸新奇的新生和一脸骄傲喜悦的父母，其他同学还好，倒是李迎男，家中刚刚经历巨变，父亲身陷囹圄，母亲又被监控，还有那个傻子样的弟弟。

此时的李迎男走在校园里，看见有父母陪同着的新生，心底越发羡慕，自己的学费还没有着落呢。

第 八 章

到达学校的大广场，朱辅导员清点完人数以后，因为今天还没有开课，所以朱辅导员简单地提了要求，总结了支教的情况，就让学生都各自回寝室休息去了。

苏树荫和李迎男回到宿舍，本以为会看到早已经在宿舍的吴苓，但是除了打开门时扬起的尘灰就再无旁人。苏树荫和李迎男对视了一眼，不知道这是什么状况。正好隔壁宿舍的女生打水回来，看见呆愣在原地的两人好心地解释道："吴苓啊？她好像申请了半自费出国的项目，在你们回来之前就走啦。"

苏树荫看了看吴苓的位子，确实少了很多东西，回头问道："那你知道她什么时候回来吗？"那个女生疑惑地看了看两人，搞不懂怎么同一个宿舍的，比自己知道的还少，想了想那个项目的开始时间回道："好像是要持续一年吧，回来以后会直接在学生会任职，当然也有很多人都不回来，选择直接留在国外读研究生了，毕竟回来的时候都升大四了。"

苏树荫点点头，谢过女生后，提着箱子进了宿舍，跟在后面的李迎男看没有人注意到她，嫌恶地看了眼苏树荫，想到往后的一年还要和她共住一个寝室就令人难以接受。可是现在她除了宿舍已经没有地方可以住了，原来租的房子早已无力续租，那些华而不实的衣物也全都放在家里，根本来不及带出来换成钱。

李迎男坐在宿舍里铺的地毯上，一点点儿数着身上的毛票，数了一遍又一遍还是无法多数出来一块钱。手里拿着计算器，李迎男精打细算着自己的生活费，现在自己手里的钱只够维持两个月的时间，所幸刚刚朱辅导员已经告诉她可以申请助学金，等助学金申请下来，自己的学费也就可以解决了。

李迎男看了看睡在床上的苏树荫，她刚来上大学的时候不也是穷鬼一个！谁知道搭上任京墨以后就吃好穿好，连带着整个人气度都不一样了。想到刚刚任京墨对着自己柔声细语，李迎男信心满满。

此时的苏树荫听着下面窸窸窣窣的声音，回头往下一看，就看见李迎男小小的一只蜷缩似的蹲在地上，地毯上都是零零散散的毛票，苏树荫叹了口气，她也知道李迎男家出了什么事，虽说李父是罪有应得，李迎男以前大手大脚花的每一分钱都沾满了血腥，但是罪不及旁人。

苏树荫爬下床对李迎男说道："迎男，你要不要和我一起去食堂吃饭？吃完饭下午我们去趟学政楼，今天开始可以申请奖学金和助学金了。"李迎男打量了苏树荫一眼，迟疑地点了点头，她的朋友本就是酒肉的居多，事情一出来，偌大的学校至今当真只有苏树荫一个女生肯理睬她了。

李迎男把毛票都收好藏在衣柜里，和苏树荫一起去了食堂吃饭。此时位于北方的首都已经秋意初现，清爽的风微微刮着，校道上已经有不少离家近的老生回来了，看着衣着朴素甚至有几分陈旧的李迎男，都在那里窃窃私语，有的女生甚至走了好远还在回头打量。原来李迎男家的事早在上午就被支教团里的一些好事者传播开来了，李迎男越走头越低，到最后几乎是要小跑着前进。

苏树荫回头瞪了那些正在窃窃私语又幸灾乐祸的女生一眼，虽然她也不满李迎男的作风，尤其是昨天在火车上那副"白莲花"的样子，但是就事论事来说，苏树荫还是不希望自己做那种痛踩落水狗的下作人。

等两人走到食堂，已经过了饭点，食堂里的人还不怎么多。李迎男快步找到一个角落的位置，瑟缩地坐在那里生怕别人注意到她。

苏树荫叹了口气问道："你想吃什么？红烧肉加清炒时蔬的套餐可以吗？"由于李迎男以前都是在校外自己住，和她那帮酒肉朋友在一起也大多是去星级餐厅，所以对食堂里的饭菜当真是不怎么熟悉，不过现在她已经不挑了，有的吃不饿死就行了。

"嗯嗯，吃什么都行。"李迎男讨好地对苏树荫笑道，苏树荫点了点头，无奈地走向打饭的窗口。李迎男看了看逐渐空无一人的食堂大堂，渐渐放松下来。原来在火车上还好，毕竟支教团人少，其他也都是不认识的过客。但是没想到回到学校以后，自己居然每走到一个地方都被人窃窃私语，其实李迎男享受万众瞩目的感觉，她享受别人艳羡地看着自己的钻石耳钉、敞篷跑车。可是这些都已经被当作赃款上交给了国家，因为李父所涉案件影响恶劣，各大媒体都有报道。

李迎男看看还在打饭的苏树荫，掏出手机想看看爸爸最近怎么样了，刚刷没一会儿就跳出了一条新消息。

偌大的红字标题"私盗文物、无期徒刑已定"，李迎男愣愣地举着手机，眯起眼似乎不认识字了一样，反复看了几遍，举起手来迎着窗外的阳光仔仔细细地读着每个字。怎么每个字她都认得，组合在一起就这么陌生呢？

苏树荫端着两盘饭走过来，就看见这样的李迎男，她走过来看了看手机屏幕，也呆愣地站在原地。想到那天晚上凶神恶煞的、挥舞着大砍刀对着自己的中年男人，苏树荫突然有点恍然。

望向李迎男，苏树荫突然不知道该如何对待她，自己不是圣母，对待伤害自己的人还能出言安慰。想了半晌，苏树荫默默地将饭菜放下，走出食堂。

李迎男此时特别希望有个人能走近自己，给个肩膀让她偷偷地哭一下，她素来争强好胜，现在却已经宁愿有人将她视为一个可怜的鼻涕虫了。

可是苏树荫只是一声不吭地走出食堂，李迎男坐在那看着桌子上热气腾腾的饭菜，伸出手就想把它们全部挥到地上去，可是她现在没有资格这么做。

李迎男拿起筷子，一口一口仔仔细细地嚼碎，然后咽下去，眼里的泪水已经无声滚落进首都大学的初秋里。

下午，学政楼一楼，苏树荫将各项材料交给吴老师，一项项审核后，确定苏树荫的资格是可以申请到国家奖学金的。吴老师笑着将材料递还给苏树荫说道："好啦，这个周末你和其他的申请人再在学政楼的会议室里做一下竞争演讲，最后得票最多的就获得今年的国家奖学金。不过树荫我觉得你是没问题的，你平常人缘又好，各项成绩也优秀，我听说你在外面做的兼职还拿了漫画类的大奖？这也是加分项，记得做PPT的时候加进去。"

"嗯，好的！谢谢吴老师了，一直忙我们申请奖学金的事。"苏树荫将文件一份份收回文件袋里，笑着和吴老师闲聊起来。

"哎，树荫你知道不，我前两天去学校后门的超市买菜，猪肉居然涨了两块多。"吴老师一边把苏树荫的信息录入系统，一边侧头对苏树荫说。

"我去看过了，那边的猪肉卖得不好又贵，你可以多走几步去附近的一个小菜场，那边的猪肉又好吃又便宜，还能搭点猪膘熬油。"

"真的吗？在哪里啊？"信息已经全部录入完毕，吴老师冲苏树荫比了个耶，示意没问题了。

苏树荫笑着点头说："我待会儿微信发你定位，我们下次一起去买，还能挑点后腿肉。"

吴老师笑着点头说："到时候来我宿舍做。"

苏树荫点头，示意可以。正准备拿起文件袋离开，就看见姗姗来迟的李迎男匆匆忙忙将文件袋里的资料掏出来，喘着粗气对吴老师说："老师，老师我都拿来了。"

吴老师看了看时钟，不悦地说道："这都几点了，你怎么才来，这点都快下班了。"

李迎男愣在那里，看了看旁边的苏树荫，指着她说："她不是还在这吗？"

苏树荫没想到李迎男会这样说，看见明显已经存了怒气的吴老师，解释道："我已经弄好了，这个录入资料会比较慢，我一个小时以前就来了。"

随后又转头对吴老师笑道："吴老师，真是不好意思，这是我舍友，她第一次申请不太懂。"

吴老师扫了眼李迎男，示意她将手里紧紧捏住的文件袋给自己，对李迎男说道："同学，你是想申请哪项？"

李迎男忙接口说道："奖学金，最高的那种。"吴老师看了眼李迎男的成绩单，扑嗤一声笑了出来说道："你这……也申请不了啊。我建议你还是申请助学金吧，你家现在这个情况申请助学金应该还是可以的。"

李迎男低着头在那沉默了半晌，就在苏树荫以为她会直接走人的时候，李迎男抬起头微笑着对吴老师说："那就谢谢老师了。"说完，一样样仔细地和吴老师核对起录入信息来。

一直忙到晚上六点，李迎男的信息才录入完毕。苏树荫看看外面明显已经暗下来的天色，对吴老师说："我记得你明天休息，今天也累了一天了，我们明天约吧？"吴老师笑了笑答道："好啊，到时候约吧。"

李迎男和苏树荫走回宿舍，快到宿舍的时候，路上一直沉默的李迎男突然拉住苏树荫说："树荫，我为我爸爸向你道歉，我真的没有想到他会那么做。我……我知道我以前嚣张跋扈还爱在背后说人是非，火车上……我看见任京墨对你那么好，我就也想要这样的好，树荫我爸爸……我爸爸他要死了！"

李迎男一边说，一边慢慢地蹲在了地上。苏树荫与李迎男相识这么久，头一次看见她这样，恍惚间仿佛看到当年初入学时的李迎男，气焰嚣张但活得却潇洒恣意，喜欢的人就玩，不爱干的事就坚决不干，其实自己何尝不羡慕她。

她蹲下身慢慢地将李迎男扶起来，让她半倚靠着自己的身子走进宿舍。苏树荫将纸巾递给坐在椅子上半驼着背的李迎男，随后自己坐在对面看着窗外无边的夜色说道："李迎男，你知道吗？其实我以前很羡慕你。"

李迎男抬起头疑惑地看向苏树荫，自己从来没感觉到她羡慕自己啊，反倒是每次和她接触，她都是不卑不亢的样子。

苏树荫知道李迎男会有这样的反应，她解释道："你才来上学的时候，一大队人跟着你，大姑给你铺床，你叔叔因为你说句想吃冰淇淋就跑出去买了一箱子巧乐兹回来，挨个发给我们，而我……"苏树荫自嘲地笑了下，接着说道，"而我，自己拎着两个大箱子，自己来报到上学，好不容易把事情都办好，打电话回去。你知道吗？我爸那时候在打麻将，接到我的电话"啪"的一声就挂掉了。我妈那个时候已经睡着了，因为她每天都要起早去卖鱼。"

苏树荫讲完，将头埋进膝盖里。李迎男看着这样的苏树荫，万万没有想到一贯要强的她也会有这样的烦恼。李迎男将自己手里的纸巾递给苏树荫，头一次在这个异乡生出亲近之感。

李迎男踌躇地看了苏树荫一眼，试探着问："树荫，明

天我可以跟你一起去吴老师家吗？我想再详细地问一下她，除
了助学金我还能申请到什么，我……现在很艰难。"

　　苏树荫为难地看了眼李迎男，本来那个吴老师就不太好
说话，如果再带个人去不知道她会不会嫌自己烦人。苏树荫低
下头，目光扫过地毯，想到李迎男这样的女孩子也有一天会坐
在上面为一两块钱的事斤斤计较就实在不忍。

　　"好，那我明天带你去，不过那个吴老师不太好说话，
你问的时候适当问一下就行了，具体的事你回来告诉我，我再
帮你打听打听。

　　李迎男感激地对苏树荫说："树荫，谢谢你，我最近
想做些兼职挣钱，你现在这么能挣钱，可不可以介绍一些给
我？"苏树荫点头说："可以啊，不过你现在没有啥技能，只
能从最简单的兼职做起，像那些服务员啊、收银员，这些可以
接受吗？"

　　李迎男沉默了半晌才问："那……工资多少？"苏树
荫说："一个小时十块钱，如果是在后厨帮忙的那种，就是
一个小时十五块钱。"李迎男惊讶地说："天啊，这也太低
了吧。"

　　苏树荫撇嘴不乐意："这已经是正常的价钱了，而且在
酒店当服务员的话是可以包饭的，这样你最起码解决了伙食问
题，又能赚钱攒点钱，经济也会轻松一点。"李迎男默默地点
了点头说："树荫，就这个吧，我现在确实也找不到什么好的

兼职。"

苏树荫点头道:"嗯,你有这种想法就好,不过你也放心,你兼职的时间长了,就会遇到一些不错的机会,到时候就可以挑一些好点儿的兼职来做了,否则你一个没干过活的大学生,人家也不敢雇佣你的。"李迎男点头,站起来将自己的衣柜翻江倒海地翻了一遍,拿出一些自己从来没有穿过的衣服,直塞进苏树荫的手里说:"树荫,我现在也没什么能拿得出手的了,就只有这些衣服,我一次都没有穿过,你要是喜欢就都拿去穿吧。"

苏树荫看了看堆在自己腿上的一大堆衣物,都是大牌中很难买到的款式。苏树荫奇怪地问她:"你为什么不把这些送到二手店去换成钱啊?这些能换不少钱了啊。"李迎男苦笑说:"没办法,我现在这样子突然有钱实在不是什么好事,再说现在这些衣服漂亮归漂亮,现在的我穿只有尴尬两个字来形容,不如给了你还有些用处。"

次日清晨,苏树荫和李迎男一起到了吴老师的宿舍,苏树荫敲门道:"吴老师,在家吗?"

"在!在!在!"吴老师忙不迭地打开门,看见苏树荫眼睛一亮,拉着她就要进门说:"哎呀,等你半天了,怎么才来呀,我都穿好衣服了,到时候我们除了五花肉再买点排骨炖汤。"苏树荫被吴老师拽着往宿舍里面走去,看见沙发上坐着的一个人一愣。

沙发上坐着的何老板本来在看新买的书，听见敲门声才抬头看了一眼。没想到这一抬头倒是被狠狠地惊艳了一把，苏树荫娇娇小小的穿着一件白色的长袖衫，下身穿了条蓝色的牛仔裤，将苏树荫纤细的长腿勾勒得愈发笔直细长，因为时间长了懒得去理发店剪发，所以苏树荫的一头长发已经垂到腰际。

吴老师看何老板有点失礼地盯着苏树荫，连忙咳嗽了一声叫醒何老板。何老板摆弄了一下手中的珍藏版书籍，微笑地站起来对进来的两个女生问好："你们两个就是吴老师说的，今天要来一起做饭的经济学院女生吗？"

苏树荫刚刚还觉得这个人直勾勾地盯着人看有点不礼貌，但是看他站起来，文质彬彬地站在那里，温声细语地打招呼的样子，倒也还算个素质不错的人。

吴老师拿好包走出来，看见何老板和苏树荫、李迎男尴尬地站在原地，顿时一拍脑袋不好意思地说："哎呀，怪我啊，只顾着去拿包，把你们丢在这也没给你们互相介绍一下。"

何老板笑着说："那还不快给我介绍介绍。"

苏树荫也望向吴老师，眼里充满了疑惑。吴老师走过来，对何老板说道："这位穿白衣服的叫苏树荫，是我们经济学院的大才女呢，她除了学经济还选修了双学位学中文，还在知名的漫画展上拿过奖呢。"说完又指着李迎男随意地说道："这位叫李迎男。"

何老板倒是不管吴老师介绍时的语气，都毫无差别且礼数周全地向苏树荫和李迎男问好。苏树荫还好，李迎男因着这态度倒是对何老板增加了不少好感。

"这位是刚刚从美国回来的何老板，是我的同乡。"吴老师向两个女生介绍道，苏树荫迟疑地望着何老板，虽然长相平平，但腕上戴着的手表，质感非常好，整个人的气度也像是久在金钱堆里打滚的人。

何老板了然地笑了笑，从自己回国至今，每个人听到自己的身份再看到自己的年纪都是这样一副惊讶的样子，何老板不觉得恼怒，反倒很享受这样的眼神，这无形中从侧面反映了自己的不凡。

"我是从哥大毕业的，哦，哥大就是哥伦比亚大学，刚刚回国大家都不认识我也很正常。"何老板冲着苏树荫温声细语地说道。想了想，何老板还要再介绍一下自己的其他事迹。

苏树荫闻声连忙打断他，点点头道："何老板真是青年才俊啊，不过能不能让学生可以和老师一起去买个菜，不然今晚我们都要饿肚子了。"

吴老师本来站在一旁不敢打扰，看见苏树荫这样说，何老板也没有反对的意思，连忙接声道："哎呀，树荫说的是，你看我菜篮子都提手里了，咱们快点走吧，要不然好菜都卖光了。

　　说完拉着李迎男就往前走去。何老板看着前方识相的吴老师，满意地点了点头，绅士地伸出一只手说："女士先请。"苏树荫在心里翻了个大白眼，心里想这又不是出席什么重要会议，去买个菜至于吗。但是脸上还是挂着淡淡的笑意，矜持地走出门去，装样子谁不会啊。

　　走在前面的李迎男趁此机会向吴老师问道："吴老师，我昨天申请的助学金有多少人报名啊？"其实这个吴老师虽然脾气不好，但是看这李迎男现在不似以前那样嚣张惹人生厌，又遭逢大难，其实心里还是比较可怜她的，斟酌了一下回答道："其实每年申请助学金的人都很多，毕竟它比国家奖学金的门槛低太多，谁不想要钱不是。但是你家的环境现在大家都是知道的，如果你不介意的话倒是可以在竞争的时候，说一些你家现在的情况，大家还是能理解的。"

　　李迎男听着吴老师的话，头渐渐垂了下来，她现在最忌讳的就是提起自己家里的事，何况还要当着这么多的人自揭伤疤。苏树荫跟在后面，一边应付着喋喋不休介绍自己丰功伟绩的何老板，一边察觉到李迎男的情绪突然低迷起来。

　　到了菜市场，苏树荫赶紧接过吴老师手中的菜篮子笑道："这挑猪肉还是我和吴老师一起吧，迎男你和何老板去看看那边卖水产的吧。"说完，拽着还在不断给李迎男出主意的吴老师就走，心底暗叹，平常看不出来吴老师居然变得这么热心了。

　　何老板虽然不满苏树荫先行离开，但人家确实说得有理有据，他看了看尚在一旁不知道想什么的李迎男，一如既往保持着自己的绅士风度说道："迎男，那我们就去看一看那边的水产区吧。"

　　李迎男抬头扫了眼何老板，勉强笑着点了点头，两人同往水产区去了。

　　"迎男，我听吴老师说你想申请助学金，怎么，是遇到什么困难了吗？"何老板低声问着李迎男，刚刚被吴老师说得已经尴尬不已的李迎男本不想回答他，但是奈何这是学院的教授，不能轻易得罪，勉强点头回道："是的，我家……出了些事情，所以想申请助学金。"何老板点点头，低头看向晨光里眉眼温顺的李迎男，其实李父李母皆是五官端正的人，李迎男以前只不过喜欢把所有值钱的东西都往自己身上套，远远看去像个巨大的圣诞树，现在穿着一件淡色的长袖，眉眼之间再无往昔的戾气，倒是为容貌增色不少。

　　何老板想了想道："是周六下午在学政楼举办的那个吗？"李迎男点了点头，示意他说的是对的，何老板笑了笑说道："那巧了，这次会议是我主持。"李迎男不可置信地看了他一眼，目光存疑的样子更是让何老板自得不已，他解释道："因为你们这次的助学金，就是我赞助的。"

　　李迎男眼睛一亮，望向何老板。斟酌地问道："那……这个助学金，有什么需要注意的吗？"刚刚还在不停说话的何老板，这时却突然只是冲李迎男笑了下，说道："新生手册里面都有把注意事项写好的，李同学只要符合规定，和其余一百来个竞争者竞争一下就好。"说完，看向不远处明显已经挑选好的吴老师、苏树荫，抬腿走了过去。

刚刚听到人数的李迎男有如听到晴天霹雳，万万没想到居然会有那么多人竞争。好半天才醒过神来跟着离开菜市场回了吴老师的宿舍。

"喂？任京墨？怎么了你说。"苏树荫在阳台上切菜，突然手机铃响起，原来是任京墨回了趟家，给自己带了点吃的。

"可是我不在宿舍啊，我在外面。"苏树荫无奈地说道，站在宿舍楼下的任京墨也十分无奈地说："昨天上午你不是说你一直在宿舍吗？怎么今天出去了，我妈给煲了水鱼汤，今天不喝的话就腥气了。"

苏树荫看着摊得满桌子都是的菜，要洗要切的，在客厅的三个人还个顶个的都是大老爷，自己哪里走得开，只得无奈地回道："要不……你喝了吧？"闻声过来的吴老师笑着说："没事，正巧我要去拿个快递，京墨在哪？我顺道过去拿下不就行了。"

苏树荫感激地笑了笑，在电话里让任京墨站在原地不动，等一会就去拿，然后告诉了吴老师地址。随着一声关门声，宿舍里只剩下何老板和苏树荫、李迎男三人。

何老板斟酌着问李迎男："刚刚树荫说的任京墨，是不是经济学院那个任京墨？"李迎男看了看何老板不明白他的意思，想了想回道："我们经济学院就一个叫任京墨的，就是刚刚和树荫打电话的那个。"

何老板看了看阳台上的苏树荫，瞬间脸色凝重起来，心底在为刚刚的失礼举动后悔，听刚刚那通电话，任京墨的妈妈——那个在业界大名鼎鼎的教授——居然还亲自煲汤给一个女生喝，这意味着什么？以任家在京城里的地位，自己想太岁头上动土，自讨苦吃。

虽然天气已经渐凉，但是何老板此时还是坐立难安。晚上吃饭的时候，何老板高举着杯子，不断地找机会恭维着苏树荫，一会说她蕙质兰心，一会说她青年才俊，直把苏树荫说得不好意思，只得快速吃完饭菜，想要快点告辞离开。

叮铃叮铃，席间苏树荫的电话又响起来："喂？任京墨！你又怎么了？"苏树荫举着手机，无比怀念初见时那个高冷的任京墨。

"还在吴老师那里！吃好了吗？你看看都几点了？我来接你！"连珠炮似的说完话，任京墨就挂掉电话。

苏树荫抬起来看了看墙上的时钟，已经是晚上九点了，确实比较晚了，连忙起身告辞道："既然这样，那我就先走一步了。"何老板和吴老师早已经听到打电话的是任京墨，哪敢说什么强留的话，连忙起身和苏树荫告别。苏树荫一边拿包一边示意李迎男要不要和自己一起走。

李迎男早已看出任京墨的心意，现在自己跟过去不是招人嫌弃嘛，何况刚刚和何老板聊得那么开心，李迎男不想走，所以暗暗地对苏树荫摇摇头，苏树荫会意只得自己一个人先行离开。

刚下了楼，就看见任京墨像个煞神一样抱手站在那，脸色严肃地看着自己。

"哎呀，你干吗啊，这样吓死人了。"苏树荫走过去，将包递给任京墨，示意帮她拿着。任京墨没好气地接过来说道："我干吗，我还想问你干吗呢，你和这个吴老师认识很久了吗？居然敢这么晚不回寝室，要不是我路过你们寝室看见灯还黑着，你还想拖多久再回去？"

苏树荫自知理亏，解释道："这不是没办法嘛，你也知道这个吴老师管着我们的奖学金申报，多和她沟通一下，也有好处嘛。"

任京墨听了更气，直接拽住苏树荫就说："苏树荫！你现在怎么也变得这么投机取巧起来？"

苏树荫本来还赔着小心，听了这话也不乐意了，把任京墨的手一甩说道："我投机取巧？哦，我和老师吃顿饭就叫投机取巧。那吴苓靠她妈直接去美国做交换生算什么，走后门？还是暗箱操作？"

任京墨无奈道："事情不能这样说的，苓苓是吴教授的亲女儿，为子女计长远是人之常情。"苏树荫越听越心酸，抬起头，眼里都是泪水，哑着声音问道："对，对！人家吴苓是首都的天之骄女，做什么都是理所应当。我算什么东西？不过是小镇里的土鳖，那些好东西都合该是你们这种出身的，我就该老老实实等着别人挤掉我的名额是吗？"

任京墨自知失言，心里已经后悔不已，看见苏树荫这副模样更是心痛不已，忙解释道："不，树树不是这样的。我只是想提醒你，一味地只想走捷径对你自己不好，出身越差的人越要有真才实学，像你这样出身的人，只有靠自己走出来的路才能走得顺，走得稳啊！"

可惜苏树荫现在情绪已经激动到了极点，任京墨说的这番解释的话语，她只听到了一句"像你这样出身的人"。苏树荫猛地把任京墨一推，直奔回宿舍不想再看见他，也不想再听到这些话。

任京墨被推得狠狠一踉跄，看见哭着上楼的苏树荫，直想狠狠地打自己一个嘴巴子。

第 九 章

　　吴老师的宿舍里，三人已经喝完了一瓶五年口子窖。何老板和吴老师还好，毕竟是久在酒场的人，但是李迎男就不行了，她虽然以前常和李父出去应酬，但谁敢灌她酒喝啊。但今时不同往日，李迎男已经被连着劝了四杯酒，早已晕晕乎乎，醉得不轻。

　　吴老师看起来也不怎么好，唯一清醒的何老板看了看两人，对尚在迷糊中的吴老师说："时间已经这么晚了，我送迎男回去吧。"说完，何老板不等吴老师回答，就架起李迎男出了门，坐在椅子上的吴老师晕乎乎地走回房间，一下扑倒在床上，睡得不省人事。

　　下了楼的何老板看了看四下无人的街道，架起李迎男朝校门外走去。

"嗯……这是哪里啊？"李迎男迷迷糊糊想要坐起来，可是瞬间就被俯下身来的何老板重新压回床上。李迎男已经察觉到不对劲，挣扎着想起身，可是身子不知道怎么了，软绵绵的不受自己控制。

"你要干什么？！"李迎男自以为凶狠地问道，其实发出的声音软弱无力。

"干什么？还用想吗？"何老板把领带拽出来，紧紧地绑住李迎男的双手，随后松了松扣子坐起来给李迎男灌了水。

好一会儿，李迎男才苏醒过来，看着坐在自己对面的何老板，吓得不断往后缩。何老板翘起二郎腿，点了支烟深深吸了一口说道："我不喜欢强迫别人，也不想被你当个流氓举报到警察局，所以……李迎男，助学金你可以有，不仅今年有……以后也有。"说完又吸了口烟，缓缓地朝似乎要骂自己的李迎男摆摆手道："我一直觉得这世界上，没有搞不定的女人，只有出不起的价格。所以……李迎男，除了助学金，你在经济学院可以做个学生会的小干部，你知道这在学校意味着什么。当然经济方面，我会给你一张卡，每个月定期往里面打钱，至于钱的多少……当然是看你的服务怎么样了。"何老板玩味地看了眼李迎男，静静地等着她的表示。其实，以自己现在的身家地位，李迎男拒绝与不拒绝，只是让过程复杂，但是……结果是一样的。

　　李迎男抓起被子护住自己，冷笑一声，狠狠地啐了一口道："哟，合着还有绩效呢，真是难为何老板了。可惜我不通情理，这样的厚爱恐怕承受不住。"说完就铆足了力气，想要下地逃出去。

　　何老板坐在对面，慢条斯理地掏出擦镜布，慢慢地擦拭着自己的金丝眼镜，看着想要奋力起身的李迎男嘲讽地说道："你当然当不起这样的厚爱，看看你这种姿色，如果放在以前我在国外的时候，你？呵，想贴上来都不可能的。你和你那个舍友比，简直是……啧啧啧。"

　　边说边像看货物似的打量着李迎男，被这样的目光盯着的李迎男感觉屈辱无比，自李父发达开始，自己从来没有受到过这样的污辱。李迎男强忍着心酸与恐惧，更加希望能够离开。

　　何老板冷笑一声说道："你以为从这里离开，你还能拿到助学金？我记得你家出事了吧？你爸造孽太多，被判无期。你呢？啧啧啧，连你那个舍友一半的能力都没有，怎么？都到这种地步了还要脸面吗？我记得，你还有学费没交吧？"何老板说完，看着又慢慢坐回床上，低着头在那不知道想什么的李迎男，冷笑一声又道："怎么，要等到最后缴费那天，站在操场上，举着个捐款箱？"

　　李迎男想到那样的画面，情不自禁地打了个哆嗦，如果是那样真的还不如让她退学好了。可是……想到前几天和母亲的通话，昔日保养得宜的母亲一夜之间苍老得有如村边的老杨树，弟弟也愈发乖戾起来。

自己还没说几句，母亲就开始痛骂自己和那个小狐狸精狼狈为奸，一会又痛骂苏树荫，利用那个小三的孩子吸引注意力，导致陈萍漏掉重大信息没有向李父汇报。直到那一刻李迎男才明白，任京墨对自己所有的好都来源于愧疚。说什么深爱苏树荫，不也照样利用得顺手？倒是任京墨的好叔叔，因为破获此案，得意之处不胜枚举。

李迎男看了看对面的何老板，慢慢地躺回床上。何老板轻蔑地看了眼李迎男，这么好搞定，实在是没有一点儿刺激啊，不过聊胜于无。他慢慢地走到床前，压了上去。李迎男闻着何老板充满烟味的口臭，眼角的泪无声滑落。

凌晨，身畔的何老板早已经沉沉睡去，李迎男裹着浴袍起身，看着窗外的霓虹灯。姓何的倒是会享受，订的是这里首屈一指的酒店，巨大的落地窗折射出这座城市的冷漠。李迎男坐在进口手工编织的羊绒毯上，看着外面繁花似锦的夜景。就在前几天自己还在脏乱不堪的小店里打工，打扫着客人擤过鼻涕的纸巾，现在却已经重新穿上真丝睡衣，坐看这无边的夜景，果然有钱就是舒服啊！做惯了娇气的金丝雀，如何能忍受肮脏的泥潭。

次日清晨，醒来的何老板一坐起来，就看见装扮一新的李迎男柔情似水地望着自己，手上捧着一双一看就柔软舒适的拖鞋，缓步走到自己面前，蹲下身来，抬头柔声说道："老板，起来洗漱吧，我让服务员准备了西餐，你在外面这么多年，应该比较习惯西餐吧？"

何老板面无表情地穿上鞋，走进洗漱间，心底却很满意，难得这个小姑娘，小小年纪就如此知情识趣，用起来倒也还顺手，不蠢。

李迎男讨了个没趣，等到何老板一走开就沉下了脸，暗恨不已。但是过了一会又立即挂起微笑，柔声对出来的何老板道："老板，那个我的……您看？"

何老板冷笑一声，慢慢地擦拭着自己嘴角边的面包屑，悠悠地说："迎男啊，人贵在要有自知之明，做鸡自然有做鸡的自觉，这主人还没吃完呢，怎么？就想着要食了？"

李迎男脸上的笑险些就挂不住了，咬紧牙娇笑着说："老板，您这是说的哪里的话，迎男能好好读书，以后一定会好好报答您的。"

何老板玩味一笑，挑起李迎男的下巴问道："以后？回报？"李迎男憋着气，可是口臭还是不断地向她冲来，冲得她险些要吐出来。憋了半晌才用手慢慢地抚摸着何老板的大腿，柔声说："现在！现在就回报！"

何老板这才满意，收回手，赏赐似的递给李迎男一张卡说道："拿好喽，以后我一打电话你就要立即接，问什么问题要立刻回，哦！对了，我不喜欢女人在我面前打扮得衣冠楚楚，搞得好像我在逼她们似的。所以，以后只要我们两个人的时候，你不许穿任何衣服，听到了吗？"

李迎男赶紧点了点头，急不可耐地将何老板手中的卡接了过来。等听到关门声，李迎男对着何老板换下来的睡袍狠狠地踩了几脚，往上面吐了几口口水，才算解了口气。看了看手中的储蓄卡，暗道小气，连个信用卡都不给充什么大款。

李迎男站在自助取款机前面，看着卡里的数字，所幸姓何的没做绝，打的钱倒是蛮多的，交完学费还足够自己一家三口支撑半年时间。李迎男迅速将卡里的钱取出来，拿着一沓厚厚的红钞票，心底是前所未有的踏实，果然什么男人都是假的，只有钱才能给人切切实实的安全感。

李迎男急急忙忙赶回学校，找到缴费处后，踩着高跟鞋，细致娉婷地往那一站，将手里的钱往桌子上一甩，淡淡地说了声："交学费。"

办事人员奇怪地看了眼李迎男，还头一次看见迟交学费还迟交得这么理直气壮的。清点完钱数以后，办事人员将收费单递给李迎男，示意她今年的学费已经缴纳完毕。李迎男矜持地点了点头，扶着自己酸痛不已的腰走回宿舍。

宿舍里，已经一晚都联系不到李迎男的苏树荫急得团团转，看见开门进来的李迎男，赶紧快步走了过去问道："迎男，你这是去哪了啊？我去吴老师家找你，结果大门大开着，吴老师倒在床上呼呼大睡，你、还有那个何老板都不见了人影。你这一晚上的，到底去了哪里啊？"说完又退后一步，疑惑地看着李迎男穿戴一新的衣服，虽然比不上她以前的衣服那样豪奢，但也看得出来绝对价值不菲。

李迎男笑了一下，看向苏树荫的眼神都是暗藏住的同情与幸灾乐祸，她转了一圈问苏树荫道："怎么样？好看吗？"

苏树荫看了看，简单的上衣恰到好处地勾勒出李迎男傲人的体形，重工编织的裙子也刚好掩盖了李迎男的缺陷，这一身确实好看，但怎么看都像是男人欣赏女人的品味，不过李迎男以前经常出入高档会所，可能是经过一段时间的积淀后，眼光真正好了起来。苏树荫点头肯定道："很漂亮，不过……迎男这一身衣服应该价值不菲吧，你已经经济紧张了，以后就尽量节省一点吧。"

李迎男笑着从钱包里掏出一沓钞票，冲着苏树荫得意地摇了摇。苏树荫看见这么多现金，红晃晃地在自己面前扇风，顿时惊讶得不行，赶忙拽着李迎男问道："这么多钱，你是从哪来的？！"

李迎男早早就已经想好了说辞，对苏树荫解释道："哎呀，我爸还有几个老朋友，是他年轻的时候交的，看我们家遭了难不忍心，这不凑了些钱给我。"苏树荫听到不疑有他，终于松了口气对李迎男道："虽然是送的，但是迎男你还是节约点，毕竟你家现在三个人都指望着你活了。"

李迎男就等着苏树荫的这句话，听她说完，连忙从包里将准备好的钱取出来塞到苏树荫手上说："树荫，能不能麻烦你把这些钱打到我妈妈的卡上？"

苏树荫手里握着装钱的信封，疑惑地望着李迎男问道："迎男，你怎么不直接给你妈妈打钱，这样还来得快些。"李迎男听到，假装伤心地低下头说："没办法，我爸虽然判了无期，但是我怕警方还在监控我家的银行流水，所以只能麻烦你帮我打到我妈卡上，这样银行的流水账上也好看些。苏树荫迟疑地点了点头，起身穿鞋去帮李迎男打钱。

半个钟头后，苏树荫还没回来，李母的电话就已经到了。

"喂，妈！怎么啦？"李迎男开心地接过电话，等着李母兴高采烈地夸奖自己。谁知李母拿着电话厉声问道："李迎男！你在外面干了什么见不得人的勾当？怎么我的卡里多了这么多钱？"李迎男本来心里一咯噔，以为李母已经知道了，都说知女莫若母，当真是没错的。

"哎呀，妈！我怎么会干什么见不得人的勾当，有老爸这个前车之鉴，我哪敢啊。你仔细看看给打钱的那个人，根本不是我好吧。她是我同学，看我可怜所以借了点钱给我罢了。"李母不信问道："既然是你的同学，那也是学生啊，怎么来的这么多钱？"李迎男忙解释道："妈，你仔细看看是谁再说吧。"李母眯起眼睛，仔仔细细地看了眼短信，原来是苏树荫，这就不奇怪了，那丫头确实不错，人也优秀，想到这里李母举着电话嘱咐道："好好学习，最好打张欠条给人家，以后毕业了苦点累点也要把钱还上了。不说了我要回去看着你弟了，你弟这两天像是察觉到什么不对劲了似的，一个劲的在屋子里画画，怎么叫他都不理。唉……迎男啊，妈妈以后真的只能靠你了。"说完李母抑制不住呜咽地哭着，又怕让电话那边的女儿听见，只能匆匆地挂了电话。

李迎男握着手机，其实在母亲带着哭腔的时候，她就已经察觉到了，强忍下心中的酸楚，李迎男坐在座位上一点点把自己脸上的妆容卸掉，露出昨晚熬夜而留下的黑眼圈和苍白的脸庞，那个姓何的简直就是个死变态！

此后的一个月，李迎男起初还坚持着每天和苏树荫一起去听课，可惜时间久了愈发坚持不住，久不握笔也很难跟上老师的进程，李迎男索性开始全心全意地讨好何老板，正好前不久何老板的身份从客座老板转为正式聘任的经济学院客座教授，主要负责教学的班级里就有自己班。

何老板家中，李迎男当着何老板的面，一点点将价值不菲的一身皮给去掉，李迎男虽然肤色微微有点黑，但胜在腰是腰，腿是腿。亭亭地立在何老板面前端的是纤细美貌。何老板满意地喝尽酒杯中的起泡酒，慵懒地靠在沙发上，将右手一摊，示意李迎男过来。

李迎男知情识趣地靠进何老板的怀中，将这些日子来自己的遭遇细细地说了一遍："老板，现在的课业当真是越来越难了，我先开始还能听得懂，现在简直就像是听天书似的，怎么办啊？"说完抬头，假作懵懂小女生一样的望着何老板。

慢慢地把玩着空空的酒杯，专程从法国空运过来的酒杯，端的是透明澄澈，用起来也是分外享受，只是可惜日子久了就一眼看透，了无乐趣。不如瓷器来得韵味十足，适合反复把玩。

何老板低头看向李迎男，漫不经心地嗯了一声道："我知道了，今天事情忙，你先回去吧，想起来再叫你过来。"

李迎男以为何老板这是应承了自己，又听说今天不用再在这里陪着这个死变态，顿时喜不自禁。可惜脸上还要装作不舍得道："唉呀，我都来了，这又要走，人家好舍不得你的。"

何老板长年混迹在人精堆里，这点小伎俩实在不放在心里，一时起了逗弄的意思，回头似乎在考虑李迎男的话，过了半晌说："怎么？舍不得我？那就不走了吧？"

李迎男本来以为自己这一番动作既表了心得了意，又能够出去。哪想到何老板会来这么一出，顿时不知道该怎么回答。何老板饶有兴趣地看着李迎男扭曲的脸，哈哈哈大笑，摆摆手说道："滚吧，滚吧。"

李迎男听到这话还有什么不明白的，屈辱地拿起包，疾步走出这个让她颜面扫地的屋子。

苏树荫下课回到寝室，看着空荡荡的屋子，叹了口气，知道李迎男又没回来，也不知道她这一天天彻夜不归的是在忙什么。放下手中抱着的书本，苏树荫换好鞋子准备去操场夜跑。

夜幕刚刚落下，苏树荫穿着运动装，腰间的挎包将苏树荫纤细的腰勾勒得愈发细若杨柳。任京墨百无聊赖地走在校道上，时不时低头看看手机想知道苏树荫有没有发信息过来，可惜怎么看微信，苏树荫的对话框里还是没有任何反应。

如果能自己揍自己的话，任京墨估计早把自己打了八百遍了。"啊！"任京墨发泄似的大叫了一声，脚步一转快步跑向操场，他现在需要激烈的运动让自己冷静下来，忘记这些烦人的事，更要在无尽的风中忘记苏树荫。

操场上，已经跑完一圈的苏树荫慢慢地降下了速度，开始匀速慢跑。身后的几个男生看着前面的苏树荫，推推搡搡地嬉笑着，终于里面最高也是最帅的一个男生被推了出来，男生深吸了一口气看了眼同伴给自己壮胆，终于小跑着追上苏树荫。

"嗨，你好，我……那个我叫程因，是今年的新生。"刚刚那个帅小伙也就是程因，挠了挠头，不知道该怎么继续说下去。

苏树荫诧异地望向这个男生，好半天才察觉到原来这是在向自己搭讪，好笑地点了点头，一边渐渐加快速度，一边回道："师弟，你好啊，我叫苏树荫。"

程因急忙点头回道："我知道！我知道你叫苏树荫，师姐，我……也在经济学院读书，前几天还去看了你在学政楼的演讲，我觉得……我觉得你很优秀！"

苏树荫像看着小孩子一样看了眼程因，礼貌地回道："谢谢你，不过……你从哪方面看出来我很优秀呢？"程因听到问话，激动地回答道："很多方面啊，师姐你居然攻读了两个学位，天啊！师姐你知道吗？我开学的时候看见经济学院的排课表简直就是奔溃的！"

苏树荫听了淡淡地笑道："奔溃？我觉得还好啊，经济学院的排课还是很人性化的，也没有高中那么多，高中都过来了，其实还好的。"

程因夸张地叫了声，问道："师姐真的觉得还好吗？可是大学除了读书还有很多好玩的事情做啊，比如参加社团，校运会，演唱会，还有……还有谈恋爱。"程因越说声音越小，等说到谈恋爱的时候更是偷偷地瞄了一眼苏树荫，耳朵瞬间飞红。程因转过身子，开始面对着苏树荫倒着跑步。

苏树荫经常锻炼，本以为自己加速以后这个男生肯定跟不上，毕竟现在肯长期自律锻炼的人已经很少了，事实上这个男生的那帮朋友，原本还跟在后面，现在已经叫苦不迭地离自己越来越远。

程因看了眼苏树荫，似乎知道她的疑惑，龇着一口大白牙说道："师姐，我每天都有锻炼的，只不过不常来这个操场，所以师姐不常看见我。"

苏树荫挑眉笑道："是吗？那今天好巧啊，正好你来这跑步。"程因哪里听不出来苏树荫的话里话，他笑道："不巧，我知道你常来这个操场跑步以后，几乎每晚都会来这了。"苏树荫头一次见到这么坦诚的人，难得的是无论自己怎么刁难，这个男生都能稳稳地接住。

程因看着神情缓和的苏树荫，知道她已经消气了，毕竟是自己一帮人打扰人家在先，看着苏树荫慢慢放缓的速度，程因知道今晚恐怕苏树荫要锻炼好了，连忙问道："师姐，萍水相逢不容易，加个微信呗？"

苏树荫看了眼青葱少年郎似的程因，实在是个讨人喜欢的小孩子，点点头，从腰包里掏出手机。谁知刚点开微信，头顶就伸出一只手一把夺过自己的手机，苏树荫吓得猛地一回头，就看见任京墨怒气冲冲地看着自己，脸色就像小时候村东头的老李去隔壁村抓自己出轨的老婆一样，苏树荫无语地看了看任京墨。觉得他简直就是越来越无理取闹了！

程因本来还想上前将苏树荫拉到自己身后，可是看见苏树荫的举动和那个男生的神情还有什么不明白的。程因遗憾地笑了一下，对苏树荫说道："既然今天不巧，那以后再见吧，师姐回见！"说完冲远处的兄弟团招了招手，示意可以回去了。

　　苏树荫抱歉地看了眼程因，说道："嗯，那就以后再见吧。"说完，程因就和从远处走来的兄弟们一起走了，苏树荫没好气地瞪了一眼任京墨，他还在那里抱着手臂生气！

　　苏树荫气冲冲地往前走去，不想再理睬这个人。

　　任京墨本来抱着手等着苏树荫来解释自己刚刚的举动，谁知道苏树荫居然先生起气来，任京墨急忙一摆手追了上去。

　　"哎、哎、哎，树树等等我啊。"任京墨追上苏树荫，拽着她的手臂解释道："我这不是紧张那个谁嘛，我看见你和那个男的聊了没几句，那男的就跟在后面追着要微信，苏树荫！现在人心险恶，我真是为你及时止损！"

　　苏树荫猛地顿住脚，回头气得笑道："哦……那合着我还要感谢您老，跟在我后面鬼鬼祟祟的，不知道的还以为你是小偷呢！"

　　任京墨自知此事是自己理亏，低着头也不敢辩驳什么，倒是苏树荫被任京墨气笑了，对刚刚的事情解释道："刚刚那个男生是今年的新生，叫程因。你也知道刚刚经历高考进入大学，看什么都像新生儿似的，处处惊奇、步步似景。可能是几个男生打赌吧，随便找个女生要联系方式，碰巧遇见了我。"

　　任京墨对这个解释存疑，他低头看着苏树荫，比起刚入学时提着两个大行李箱在那里不断蹦跶的小萝卜头，现在的苏树荫就是朵招人的萝卜花！可是现在再在苏树荫面前计较这件事，恐怕会直接被苏树荫从校北门踹到校南门。

苏树荫看着靦着脸跟在自己身边的任京墨，气也渐渐地消了。想了想，苏树荫回头问任京墨说："我不是前几天竞争国家奖学金嘛，看见李迎男没有来参加，我当时还纳闷怎么她不想要助学金了？今天我去吴老师那边留卡号，他们才和我说李迎男也有助学金，这是怎么回事？"任京墨其实早已经知道这件事了，在从知情的某位老师口中听说这件事的时候，任京墨心有余悸，如果那一天自己没有专门跑去找苏树荫，结果可想而知。

任京墨低头看向苏树荫，她这么骄傲，不可能像李迎男那样妥协。任京墨想了想不知道该用什么样的措辞和苏树荫说明："树树，那个何老板……他在美国的时候就私生活混乱，经常在家里开那种派对，所以李迎男这次没有竞选也评上了助学金，恐怕……"

苏树荫自然知道会有这种事出现，但那时候从新闻里听到只不过觉得是件新闻，离自己无比遥远，万万没想到李迎男居然……

苏树荫和任京墨走回宿舍，任京墨拉住苏树荫的手说："树树，我上次说的话……希望你能原谅我。"苏树荫本来以为上次的事已经被心照不宣地揭过，万万没想到任京墨会在这时候道歉。苏树荫回转身，静静地立在那边，沉默了半晌才道："任京墨，其实那天的事我也很后悔，我们……就都忘记那天的事吧。"

任京墨连忙点点头，目光恋恋不舍地看着苏树荫上了楼。

此时月上中天，夜凉如水。

日子在时光之河中慢慢驶过，几个月后，李迎男站在自助取款机前，难以置信地看着屏幕上的数字，这个月的数字居然这么少？！

"喂？妈，什么！生活费又没了？！我不是刚刚给你打了一笔钱吗？"李迎男气急败坏地冲李母吼道。

"迎男啊，不能怪妈妈啊，妈妈已经很节俭了，可是你也知道你弟这个状况。"李母在电话里为难地说道，她也没想到钱会这么不经用，去了一趟医院这才几天的工夫，就把一个月的生活费全部花光了。

"怎么？他又用了多少钱，怎么用的？！"李迎男气冲冲地拔出卡，不顾周围人的侧目，推开门走出去，她今天还约了以前的小姐妹出来玩，现在这样让她怎么撑脸面？

李母拿着手机，看着刚刚从医院回到家的儿子，对着电话里的女儿说道："胃炎。你弟弟他本来身体就不好了，前几天吃啥都吃不多，还老是揉胃那一块，我觉得不对劲带他去了趟医院，这才查出来，迎男啊！你说你弟弟的命怎么就这么苦啊！"说完李母再也忍不住，痛哭起来。

李迎男在手机那头听到自己妈妈的哭声，一撇嘴心里想：是了，全天下只有他李平安命苦，全天下只有他李平安需要照顾。家里出了这么大的事，只有他李平安还安安心心地在家当他的大少爷。

可是听着李母在电话里的哭声，李迎男又实在无奈，想了想将另外一张卡掏了出来，掉头回到银行，将钱给李母打过去。看着手机提示钱已经到账的短信。李迎男对着李母说："妈，这是我攒的最后一笔钱了，打给你们，你们千万要省点用。"

李母看着手机银行上的数字，急急忙忙地回道："好的，好的。哎呀，还是我女儿有本事，妈妈这后半辈子真的只能靠你了！"

李迎男最怕听到的就是这种话，她尝试着对电话那边的李母说道："妈，咱家今时不同往日了，你有没有想过出去工作啊？毕竟现在工作还是比较好找的。"

李母在电话那头为难地说道："迎男啊，我知道你现在压力大，可是不是还有你弟嘛，我要在家照顾你弟，怎么出去工作？"李迎男早就猜到李母会这样说，以前也是，爸爸劝母亲出去和小姐妹玩会，多和娘家走动走动，她也是这样回答。搞得现在自家落难了，舅舅家像没看见似的一点也不接济。

李迎男不想再说，匆匆地挂掉电话，坐上公交去往何老板的住处，她要好好和他理论理论，怎么打的钱一个月比一个月少？

刚一进门，李迎男看着空荡荡的客厅，他不是今天放假吗？怎么家里没人？这时候内侧的卧室里传出声响，李迎男踏着柔软的地毯，气冲冲地跑过去，推开门就看见卧室自己睡的大床上，何老板抱着一个妖艳性感的女人在那亲嘴，手还不老实地放在女人的胸上。李迎男尴尬地站在原地，想了想赶紧要掉头出门，免得扫了何老板的兴致。

这时候摆在床头柜的电脑，突然跳出了画面，李迎男看着视频，里面是自己那晚和何老板在酒店的视频，画面清晰，声音更是放得响亮无比。

李迎男抬头怒目瞪着何老板，气得拿包直接砸向他，何老板本来还有点尴尬，看她这样顿时把包一把抢过来，扔在一边，起身狠狠扇了李迎男一巴掌。

李迎男捂住脸，跌倒在地毯上，身体瑟瑟缩缩地蜷缩起来，生怕他还要再打。

何老板叉着腰，满意地看着这样的李迎男，摆手示意那个妖娆女出去后，蹲下身子把玩着李迎男的头发说："迎男啊，我知道你性子倔强，可是人……也得识时务啊，你看看你！要长相没长相，要能力没能力，也就只有我可怜你，赏你一口饭吃。"

李迎男刚刚耳朵嗡嗡直叫，现在根本听不到他的声音，可是刚刚自己已经把最后一笔钱打给妈妈了，如果现在翻脸，恐怕下个月会连现在的几千块钱都没有。她慢慢地站起来，不敢再看这个男人，脚步踉跄着朝门外走去。

何老板看着半边脸都肿成猪头的李迎男，心里更是厌恶非常，要不是怕把事情闹大，估计早就一脚踹开了。何老板走回卧室，点起一支雪茄，点开电脑继续欣赏自己的大作。

李迎男一路踉跄着回到宿舍，耳朵还是不断地嗡嗡乱叫。等她走到宿舍看见正在写稿的苏树荫，眼泪再也止不住地流了下来，她急急忙忙地找到纸笔，一笔笔写下"送我去医院"！

苏树荫还在打字，看见推开门的李迎男也是吓了一跳，狂奔过去抱住李迎男，看着她写的字，苏树荫心惊胆战可是又不敢细问，其实现在的她即便问了，李迎男也是听不见的。两人打了的士，一路直奔学校附近的医院。医院里，医生看着对面坐着的李迎男，细心检查了一下，等到苏树荫看见被医生撩开头发的李迎男，心里酸涩无比。原来李迎男的耳朵那里，有一条淡淡的血迹，隐约可见，触目惊心。

医生用灯照了照李迎男，示意苏树荫扶着她去做其他检查，好确认诊断。苏树荫连忙点头，拿出手机打出一行字给李迎男看，"我去缴费，你坐在这里等我。"李迎男抓紧苏树荫的手，现在的李迎男唯一可以靠得住的人就只有苏树荫了，她生怕苏树荫看见缴费单上的数字，会直接抛下自己离开。

　　苏树荫拍了拍李迎男，示意她放开自己。李迎男依赖地看着她，慢慢地松开手。没过一会儿，苏树荫缴费成功，疾跑着回来。扶着她去做了一系列检查后，医生看着检查报告无奈地对苏树荫说道："你的这位朋友，耳膜已经受了严重的伤害，估计……以后的听力不会太好了。"

　　其实早在看到李迎男耳边的血迹，苏树荫就已经猜到会是这样，此时接受了事实后，打字告诉了李迎男这个情况，毕竟现在这样的情况，她需要知道。

　　李迎男躺在病床上，呆呆地看着白色的天花板，刚刚的那一阵耳鸣已经渐渐过去了，现在李迎男的世界是无声的、死寂的一片，仿佛预示着她以后的人生。

　　刚刚苏树荫已经征得了李迎男的同意，将这件事告诉了李母，李母连夜坐车来到北京。病房外，李母难以置信地听着苏树荫的话，难以想象自己精心培养了二十多年的女儿，居然在学校就被人包养了，李母冲进房间，拿起墙边的扫帚就朝还躺在病床上的李迎男挥过去。追过来的苏树荫眼看着拦不住了，只得扑到李迎男身上，帮她挡住。

　　李迎男看见这样的苏树荫哭出声来，推开苏树荫抓住李母的扫帚往旁边一甩吼道："你以为我想吗？你不出去工作，那个李平安又是个讨债鬼，我能怎么办？！"李迎男哽咽着指着李母说道："你以为我算哪根葱，名牌大学的学生？呵，在这里名牌大学生遍地都是，我只不过是个学生，我能从哪挣钱？啊？妈！这么多年了，你糊糊涂涂地过也就算了，反正有老爸给你兜底，可是你别连累我啊。"

李母听着李迎男在那里说的话，字字句句其实自己都知道，只不过是过惯了富太太的生活，已经难以适应现在这样的生活了。李母点点头说："你说的对，是妈不对，连累了你，你说的对。女儿啊，我命苦的女儿。"

苏树荫站在一旁，赶紧走过来扶起李母提醒道："阿姨，你起来，现在最重要的是找那个姓何的要迎男的医药费，以后……再说以后的事吧。"李母看了眼躺在病床上不愿意理睬自己的李迎男，倚靠着苏树荫缓缓地走出门去，现在的她有一双儿女要养，由不得再做梦了。

李母知道这件事可能会影响到自己的女儿，可是当晚苏树荫已经与何老板交涉过了，那个人渣居然无所谓地说，医药费他是不会掏的，苏树荫气得想直接报警，可是也顾忌着李迎男的名声。其实她希望李迎男治好伤以后，还能继续上学完成学业，毕竟治愈后只会影响听力，但还是能听得见的。

然而何老板坚持一分钱都不肯掏，咬准了她们不敢把事情闹大。等到苏树荫告诉李母后，李母看着病床上熟睡的女儿，缓缓地抬起头，对苏树荫凄凉地笑道："那就把事情闹大吧。"

苏树荫摇头，不赞成李母这样做："可是这件事会影响到迎男的名声的，如果闹大了，迎男以后还怎么在学校读书啊？”

　　李母摇头回道：“不，等治好以后，我会带着他们姐弟回乡的。我以前一直想错了，以为努力教育好她的学习，让她出人头地就是为她好，就是对得起他们老李家，可谁知，立人先立德，这句我年轻的时候就知道的话，居然被我忘了这么多年。”苏树荫知道李母此举必然是想了很久，她点点头，自己毕竟不是他们的家人，没有资格再更多置喙，何况于李迎男而言这未必不是一件好事。

第 十 章

学校大门口，李母举着巨大的横幅站在那，苏树荫站在不远处发着传单，不断向周围的同学解释发生的事，渐渐的李母周围聚集的学生越来越多。一天过去了，学校方面还是没有人出面解决此事。有好心的学生一起写了帖子发到网上，无数的人开始关注这件事。

终于，迫于舆论压力，何老板妥协了，如约将治病的款项打到卡上后，气冲冲地回美国去了。

可惜，一张越洋机票也没法让何老板逍遥法外，三个多月的跨国追逃后，何老板锒铛入狱，人生无常。眼看着他高楼起，眼看着他高楼塌。李迎男本以为此生出了一口恶气，会感觉畅快无比。但是，真到了这个时候，看着昔日的同学一个个在校园里，走着普通人走过的路，平安富足，她便只剩下深深的无力感。

没有赢家。

数月后，李迎男顺利地将病治好，可惜后遗症还是有的，苏树荫每每与她说话都要大着嗓门吼，李迎男才能听得见。

朱辅导员的办公室里，李母已经按照要求将李迎男所有的手续都办理好，准备交给朱辅导员。短短的几个月，李母看起来苍老了十岁不止，可人的精气神却一下子提了起来。这几个月来她白天打工，晚上去医院照顾李迎男，原本以为李平安离了她会大哭大闹，没想到她的这个儿子，除了有的时候会发脾气将画撕掉，其他时间居然也慢慢地可以自己照顾自己。

朱辅导员无奈地看向李母，惋惜道："其实迎男这个姑娘是聪明的，可惜她走错了路，在该要人领着她的时候，没有人带她，唉……可惜了。"李母反倒是淡然地笑了笑说道："命里有时终须有，迎男的性子被我惯坏了，留在这人心浮躁的首都未必是件好事，倒不如随我回乡的好。"

朱辅导员疑惑地问李母："迎男妈妈，可是你们母女两个回家怎么办呢？如果你不嫌弃的话，我倒是可以联系我同学，她在你们那个省的一个市里当幼儿园园长，你们倒是可以过去帮忙。"李母感激地看了眼朱辅导员，现在这种情况下，还能真心实意地帮着自己家的人，实在太少了，不过她早已经想好退路。

　　"老师，真的很谢谢你了，但是我已经和老家的教育局联系好了，迎男虽然没毕业，但到底考上过名牌大学，我带她回村里任教，她教书我做饭，平安也能就近照顾着。"

　　朱辅导员听了点点头，帮她们把手续办妥后，李迎男正式退学，再不是这所顶尖大学的大学生了。

　　火车站，李迎男回身紧紧地抱住苏树荫，在她耳边说："树荫，谢谢，真的谢谢你，我们以后一定一定要再见。"苏树荫轻拍李迎男的后背，心中也是万般不舍，这几个月来，李迎男像变了个人似的，勤奋肯学，有的时候自己白天去医院照顾她，两个人还会互损一番。苏树荫将眼泪压回眼眶，轻轻点头说："好，我们以后一定要再相见。"

　　任京墨在一旁，看着两人依依惜别，心下也是感慨万千，万万没想到短短半年的时间，世事变幻，竟是这般弄人。

　　李迎男看了眼任京墨，想了想，将自己藏了许久的信封拿出来，塞给苏树荫说道："树荫，我写了东西给你，你一定要回到宿舍自己一个人的时候才能看，答应我！有些事……你该知道。"说完，在列车员的催促中，匆匆登上火车离开。

　　苏树荫捏着手里鼓鼓的信封，不知道李迎男卖的是什么关子。

　　她将信封塞回自己的包里，和任京墨走出站台，准备一起去趟公司，和主编商量下一部要连载的漫画情节。

　　路上，苏树荫看着已是寒冬的街道，万物凋零，来去的行人皆是行色匆匆。苏树荫想到刚刚在朱辅导员那里，李母与辅导员的对话，苏树荫抬头目带暖意地看向任京墨，如果当初不是有他在一旁时时提点，处处帮护，自己这一路走来绝不会像如今这样顺风顺水，小有所成。苏树荫慢慢地放缓步调，鼓起勇气牵起任京墨的手说："京墨，谢谢你。"

任京墨本来还在看着脚下的路，想提醒苏树荫脚下有个台阶，听到苏树荫这样来了一句，顿时脚踩不稳，一脚踏空滚到台阶下去了。苏树荫也没想到，被带得一扑，直接扑倒在任京墨的身上。

任京墨呆呆地搂住苏树荫问道："树树，你要不要再说一遍？"苏树荫哪里肯，伸手直接掐住了任京墨腰间的软肉，本以为他会讨饶，没想到他抱着自己反而笑得更大声了，过了会儿，才听见任京墨声音轻轻、语气却笃定地说："树树，我们在一起吧。"是肯定句，而非问句。

苏树荫将头埋进任京墨的怀抱里，轻轻地点头，说出了一个任京墨今生都记得的字："嗯。"

旁边路过的一群高中生激动地吹起了口哨，任京墨兴奋地搂住苏树荫，觉得此生最美满之时就在此刻。等到二人走到公司里，任京墨还黏人地不肯把手拿开，苏树荫捶了任京墨一下，示意他注意影响。任京墨点头，不舍得将手放开，两人并肩走到主编的办公室。主编刚刚看完出版部的打版，看见两人并肩进来，顿时脸笑得跟秋日里的菊花似的。招手对两人说道：“来！来！快过来，告诉你们一件大喜事。”

苏树荫和任京墨对视了一眼，不明白怎么突然说有喜事要宣布。任京墨拉开凳子让苏树荫坐下，接过她脱下的围巾挂到墙上，回头逗主编说：“什么大喜事啊？难道是你要请我们吃饭了？”

主编笑着向任京墨的方向捶了一拳，对着苏树荫道：“还是我乖乖可爱的树荫好，你这个滑头净会打趣我。”说完将打版好的样书推给苏树荫说：“喏，前几天出版部的负责人过来提醒我，我才知道你们的漫画在网上的点击量已经那么多了。我和他商量了一下，觉得你们可以出版了，这不着急忙慌地让他们打了样板，你看看合不合适，合适的话咱们就定好时间发售、做宣传。”

苏树荫直到此刻还不敢相信，自己的漫画可以出版。她伸手，翻开漫画书，里面点点滴滴皆是自己与任京墨的心血，两个简版的小人，有开心的时候、有吵架的时候、有相互扶持亦有意见向左背道而驰的时候。苏树荫抬起头，看向主编说道：“既然一切都合适的话，那我们就出版吧，但我和京墨都是第一次出书，有什么做得不对的地方，还请主编多担待。

主编笑着连声说好：“哎呀，树荫真是客气了，你放心，我已经和宣传部的人打过招呼了，你们有什么事就直接和他们沟通就好。”

任京墨在一旁点头，提醒主编道："那合同什么时候签订？"主编瞥了眼任京墨，说道："你啊，就你最精，放心吧，已经拟好了，绝不会让你们吃亏的。"

任京墨点头，细细地检查了一遍合同，满意地说道："还不错，就这样吧。"主编接口说道："肯定不错啊，那现在可以签了吧？"任京墨拿起合同，细心地折好说道："不急，等几天再签。"主编早就猜到这个小狐狸和他那个爸——金融圈里有名的老狐狸——一样难搞，点头默许任京墨将合同带走，咨询律师。

苏树荫和任京墨回到学校后，站在女生宿舍的花坛底下，虽然天气严寒，但是苏树荫还是激动不已，她拉着任京墨的手说："怎么办，怎么办！你听见了吗？刚刚还有人叫我小苏老师呢？！哎呀，我要打电话回去给我老妈，告诉她她女儿出人头地了！"

任京墨接住从花坛边跳下来的苏树荫，点了点她的小鼻子说道："别太得意，越到大事咱们就应该越淡定！"

苏树荫把点在自己鼻子上的食指甩开，从任京墨的怀里跳开来说："是！是！遇到事情要淡定，要从容地面对，那——淡定无比的任同学，刚刚怎么屁颠屁颠地拉着我跑去律师事务所啦？"任京墨环了环臂膀中的空气，心里空落落的，他将苏树荫重新搂抱到怀里，俯下身子抵住她的额头说道："哦？我那叫深谋远虑，有备无患！"

苏树荫低下身子，从任京墨的怀里钻出来，看着要追上来的任京墨，急急忙忙地跑进女生宿舍，等上到二楼的露台，又对还立在那里看着自己的任京墨说道："喂，马上要期末考了，明天一起去图书馆看书啊！"

任京墨忙着点头，看着苏树荫像只小鹿一样，蹦蹦跳跳地回宿舍，摇头笑着心想：怎么越大越活回去了呢，像个小孩子一样。

此后一个星期，苏树荫都和任京墨泡在图书馆里，两人既要忙出版的事，又要备战期末考，当真是忙得晕头转向。所幸两人有彼此作伴，遇到什么事都能互相商量，日子就在忙乱与甜蜜中交织着度过。

等到期末成绩出来的时候，苏树荫和任京墨毫无疑问地取得了好成绩，出版的事情也基本敲定，就等过审后，敲定书号就可以了。

火车站内，强劲的暖气将苏树荫的小脸熏得红通通的，任京墨检查了一遍苏树荫带的东西，确定没有带少什么，又将爱心便当递给苏树荫道："喏，我妈做的，记得带在路上吃。"

苏树荫看着便当上印的变形金刚，心下已经了然，还不忘打趣任京墨说："啊，可是我已经自己做好了，怎么办？"说着就做势要将保温桶递还给任京墨。

吓得任京墨急忙又将保温桶推回去，凶凶地低哑着声音对苏树荫说："那就全部吃掉！"苏树荫看着这样的任京墨，再也忍不住笑了起来。任京墨现在还有什么不明白的，合着这小丫头是在耍自己！

　　进站口已经提示检票进站，任京墨拉着苏树荫的手不停地说："上车记得别喝陌生人的水，把钱包看紧紧的，不要忘记时间睡过站！"苏树荫提着行李箱被人潮推着往前走去，回头对任京墨摆摆手说道："记住啦！都记住啦！"

　　任京墨看着苏树荫，心下头一次尝到甜蜜的分离，当真是苦也甘愿，甜也乐意。

　　苏树荫坐了一天的火车终于到家，刚下火车就看见妈妈站在那里等着自己。苏树荫拉着拉杆箱快步走去，撒娇着对苏母说："妈！不是说让你不要来了嘛，怎么还过来了，现在天这么冷！"

　　苏母接过苏树荫的背包，将苏树荫散落下来的头发重新别到耳后，笑着说："没事，我和你爸爸是打车过来的。"

　　苏树荫诧异地望着妈妈，没有想到苏建国也会来接自己，苏树荫刚想问妈妈怎么回事。苏建国就端着一碗滚烫的赤豆糊走了过来，兴高采烈地对苏树荫说："树树！树树！快，爸给你买了你最爱喝的赤豆糊，快点乘热喝了，暖暖身子。"苏树荫接过瓷碗，递向苏母问："妈，你要不要喝点？暖暖身子。"苏母笑着将碗推回来，对苏树荫说："不了，你来喝吧，我和你爸刚刚在等你的时候，你爸就买过跟我喝了。"

　　一旁的苏建国嘚瑟地接过话头说道："树树，快喝吧，这家店你爸老喝的，远近一带都有名得不行，我可是排了很久的队才买到的！"苏树荫在一旁笑着看老爸在那里不停地说着自己排队的时候遇到的奇事。

　　苏树荫和老妈将行李箱运上早已经约好的面包车。到了家，苏母忙去厨房看自己熬的鸡汤有没有干，等把火调小以后，走进客厅。就看见苏树荫在客厅中央，正在往火盆里加炭，一旁的苏建国绕着苏树荫问她出版的事。

　　苏树荫回头看见母亲走过来，急忙将手中的事放下，兴冲冲地从行李箱里拿着已经打版好的样书递给苏母看，说道："妈！你看，这就是你女儿马上要出的新书。"苏母刚伸手要接过，就被苏建国一把拿过去，苏母无奈地冲苏树荫笑了笑说："你爸这是高兴坏了，你不知道你打电话回来跟我说你的书要出版的时候，你爸起初还不信，等看了照片以后，直接从咱家那个竹凳子上跌了下来，这几天一直在和他的牌友吹牛呢！"

　　说完也迫不及待地凑过去，要看女儿将要出版的书到底长啥样子。

　　苏树荫看着父母头靠在一起，对着自己的书，在那里讨论，一会儿意见不同又吵起来，一会儿看到意见相同的地方又一起回忆。苏树荫端着鸡汤，看着窗外不知何时飘起的雪花，只觉得岁月静好，如果一生都能这样过，那应是自己能想到的最闲散幸福的一生了。

而远在首都的任京墨可没有那么好过了，他坐在父亲的办公室里，看着刚刚闲下来的父亲问道："爸，你怎么又找我来了，我都说了我不打算出国留学！"

任父本来已经平复下来的心情，听到任京墨这样说顿时火气上涌，血压又升了上来。他把文件往桌子上一拍，指着任京墨问："不出国？不出国你想干吗？！在国内虚度光阴，当个窝囊废吗？"

任京墨喝了口咖啡，不急不慌地说道："爸，我不觉得留在国内就是虚度光阴，现在国内经济形势发展得这么好，不出国门也能打拼出一番事业，爸你不就是在国内才打拼出来的吗？怎么现在非要让我出国？"

任父无奈地站起来，看着落地窗外高耸的建筑，问任京墨说："是！现在国内形势是好，可是那又怎么样呢？京墨，你不知道创业的艰辛，你老爸我当初年轻的时候也觉得无所谓，在哪里都能发展得好。"任父突然回转身，招手让任京墨过来站在自己身边。

任京墨疑惑地起身，走到自己父亲身边。任父指着落地窗外的座座大厦，上面挂着的招牌个个都是名震全国的业界大咖，任父问道："京墨，这些公司的主事人你都认识，你来！你来告诉我！有多少是国外常春藤大学毕业的？又有几个是像你父亲一样只在国内读过书的？！"

任京墨望着落地窗外首都无边的夜色，良久不语。任父拍了拍任京墨的肩膀说道："儿子，老爸走过的弯路，不想让你再走一遍，听我的，去国外吧，读完书你还是能回来的。"

任京墨望着窗外，对已经快要走到大门的任父说："爸，谢谢你，可是我的家已经定在国内了。"

远在老家的苏树荫度过了一个温馨无比的春节。家里苏建国因为自己回来看着他，很少出去打麻将了，老妈也因为自己的奖学金轻松了一大截。终于在春节的前三天顺利放假，一家人合计了一下，决定上街去大集上买点年货，好安安心心地过个好年。

大集上，苏父和苏母为了挂历买红色的还是紫色的在那里纠结不已。苏树荫走到卖棉鞋的摊子上，蹲在路边细细地挑选，家里的耳朵棉鞋还是很多年前外婆手工编织的，时间这么久已经穿脱了线了。

苏树荫拿起一双红色的棉鞋问道："这个多少钱？"货主看了看苏树荫，伸手说道："五十！"苏树荫站起来就要走，货主急了说："哎哎哎，能砍价的啊，你怎么不砍我呢？"

苏树荫哦了一声说："懒得砍，一口价多少？"货主无奈地摆摆手说道："二十，二十！开个张。"

苏树荫满意地拿了三双，准备走到老妈那边，问他们到底选了红色的还是紫色的。

　　跟着老妈过来的柳又，一手提着老妈刚刚抢到的三只三黄鸡，一手拿着老爸前几天跟人家订的黑猪肉，正在万念俱灰的时候看见迎面走来的苏树荫，眼睛一亮，提着两大袋子的年货就直奔向苏树荫身边，跟在后面的柳母看着飞奔走的柳又，摇摇头对旁边的柳父笑道："当真是儿大不由娘啊！你看看这个苏家的丫头，长得真是越来越漂亮了。"

　　柳父看着正在和苏树荫说话的儿子点了点头说道："没想到老苏家的地里，歹竹居然出了这么个好笋，苏家这个丫头挺好的，我改天和建国聊聊，合适的话就给这两个年轻人说道说道。"

　　柳母点头，和柳父两个人笑着走到苏母和苏父身边寒暄起来。

　　苏树荫看着突然冒出来的柳又，也是吓了一跳，拍着胸脯说道："你怎么一声不响就冒出来啦？把我吓得不行。"

　　柳又不好意思地笑了笑说道："树树，你拎这么多东西不累吗？来来来，都给我吧。"说完伸手就直接把苏树荫手上的所有东西都接了过来。

　　苏树荫看着柳又，笑着说："你现在是越来越有劲儿了，怎么？学校的课业怎么样？累吗？"

　　"还好，不怎么累，就是有的时候要去抢险救灾，经常一两个星期都在外面到处跑。"柳又一边说着自己的近况，一边将苏树荫推到人少的一边，自己挡住拥挤不断的人流。

柳又和苏树荫边跟着人潮往前面走，一边说笑，一边买些自家要用的东西。没过一会儿，两人的手上都拎满了年货。

苏树荫和柳又逛好了大集，坐在镇上的豆腐店里，这家豆腐店传了好几代，后面磨坊里的石磨都被磨出了玉样的光泽。苏树荫坐下后，问老板娘要了两碗豆腐花。柳又熟练地跑去加调料，他们两人从小就在这间豆腐店里玩，一碗豆腐花也是任何一个镇上孩子都能吃得起的街头美食。

苏树荫接过柳又递过来的豆腐花，尝了一口，刚刚好得甜度。她右牙不好，每次吃到过甜的东西都会有钝钝的痛感，可是又特别喜爱吃甜食，所以每次来这边吃豆腐花都是柳又给她调味。

苏树荫喝完一碗豆腐花，抬头对柳又说道："柳又，你的手是计量器吗？每次调的豆腐花甜度都刚刚好。"柳又笑着把苏树荫的空碗接过来，走进后厨把空碗放进水池里，两人起身走到店门外的大树下。苏树荫抬头望向湛蓝的天空，对柳又说："柳又，你知道吗？今年是我有记忆以来，最幸福的一年。"柳又把手枕到脑后，看着亭子外如织的人流，带着淡淡的笑意说道："树树，你遇到什么事情啦？是不是因为那本漫画书要出版啦？"

苏树荫直起身来惊呼着问道："你怎么知道的？！"柳又奇怪地说："你不知道吗？镇子上的人都知道啦，你爸这几天拿着你的书，挨家挨户地敲门……聊天。"

苏树荫扶住头，哀号着说："苍天啊，真的是！我爸就会坑我！"柳又安慰道："没事，没事，这是喜事！对了树树，我看作者那一栏是联名的，那个叫任京墨的是你的搭档吗？"

苏树荫点点头，柳又了然一笑道："那这个人应该和你一样有才。"

苏树荫骄傲地笑着说："当然！我男朋友怎么会没有才？"柳又慢慢地直起身来，死死地盯住苏树荫问："男朋友？！"苏树荫奇怪地看着柳又，点了点头说道："是啊，他是我男友。"

柳又顿时觉得刚刚还暖洋洋的冬日，现在已经开始乌云密布了，他手脚发冷，勉强冲着苏树荫笑了一下，说道："男朋友好，男朋友好。既然这样，那树树我家……我家里还有事，先走了。"说完不待苏树荫回答，就匆匆离开，苏树荫看着疾步离开的柳又，奇怪得不行。

寒假匆匆而过，苏树荫再次离家踏上北上的列车，她看着车窗外渐渐缩小的母亲身影，突然觉得有句话说得很对，父母与自己往后的余生，就是一场渐行渐远的旅途，唯愿她不在的日子里，母亲能多食饭，冷加衣，爱惜自己，珍重自身。苏树荫将目光收回，静静地躺倒进铺里，准备睡上一觉。

嗡嗡嗡，插在裤子口袋里的手机突然震动起来，苏树荫迷迷糊糊地拿起手机："喂？你怎么现在才打来啊？"

任京墨听着电话里苏树荫的声音说道："对不起啊，树树，最近事情比较忙都来不及去接你回来，你明天几点到，我去火车站接你。"苏树荫摆摆手说道："不用啦，我带的行李也不多，自己一个人可以的啦，你忙你的就好啦。"

任京墨摆弄着文件夹，听着电话里苏树荫沉静的呼吸声，知道她已经沉沉睡去了，首都的最后一场雪在外面飘飘洒洒地落下。

任父走进来，就看见自家儿子一脸痴汉笑地拿着手机，看着窗外。任父抽出任京墨手中的文件夹，啪的一声拍在自家儿子的头上，任京墨捂住头看着老爹说："爸，我还是你亲儿子吗！你儿子聪明绝顶的脑袋都要被你拍傻了好吧！"

任父把文件夹扔到桌上，冷哼一声道："还聪明绝顶？我让你看到企划书看完了吗？"任京墨气得捂住头边揉边说："肯定都看完啦！老爹你下次能不能尊重一下你宝贝儿子的私人空间啊。"任父假意点头道："嗯！嗯！尊重你的私人空间，你！现在就给我搬到下面的格子间里去！"

任京墨点头，回答道："嗯，好的，其实我也觉得我搬到格子间去比较好，对了！爸，记得我和你说的事啊。"任父摆摆手说："知道了，知道了，我已经让你妈去张罗了，不过丑话说在前头啊，我们只是答应见一面，不代表可以接受这个女孩子，到时候还要看她这个人到底怎么样的。"

任京墨要的就是任父的这句话，重重地点了点头，下楼去搬自己的东西去了。早在过年前那天的父子谈话后，任京墨就正式告诉了父母自己在国内有了心仪的姑娘，想要和她一起共度余生。

当时坐在沙发上的任母看着任京墨，自家的儿子自己知道，能够如此认真对待可见他的心意，任母想了想向任京墨提议道："儿子，其实你们可以一起出国留学，我记得学校里每年都有公派出国的名额，如果那个女孩能够争取到这个名额，那她的生活费就由我们负担！等学成归国，你们两个也会有更好的未来。"

任京墨仔细想了想，点头同意了母亲的提议。

站在初春的暖阳里，来接苏树荫的任京墨将自己和父母商量的结果告诉了苏树荫，苏树荫看着车窗外快速滑过的城市街景，默默地说："京墨，我知道你在为我们的未来打算，可是我根本不可能出国的。"任京墨本来以为此事会板上钉钉的，没想到得到的居然会是这样一个答案。

"树树，你知道为了这件事，我和我爸妈磨了多久的嘴皮吗？你为什么就不为我们的未来打算打算？就当，就当是体谅体谅我。"任京墨艰难地问着苏树荫，其实他知道自己从一开始就在这段感情里处于劣势，可是他多么希望苏树荫可以稍微爱他多一点，久一点，好让他不要感觉只有自己一个人像个傻瓜似的在独舞。

苏树荫不知道该怎么向任京墨说起自己家的境况，想了想，苏树荫开口解释道："京墨，你也知道，我就是个小镇姑娘，我家……有点一言难尽，我是不可能连续几年都待在国外的。我妈妈最近几年身体已经不怎么好了，她性格看起来强势，其实骨子里还是有点软弱的。我必须留在国内，其实我一直想毕业以后能去上海工作，这样也能就近照顾我妈妈。"

任京墨冲着苏树荫怒吼道："那我呢？你在大学时的一段美好记忆是吗？！"

苏树荫摇头说道："不，京墨我从来没这么想过，事实上我已经打算毕业以后留在首都工作，京墨这是我能做到的最大的让步了。"任京墨听到苏树荫心里还是有自己的，情绪渐渐平复下来，他向苏树荫点了点头道："行！那我回去再和我爸商量一下。但是树树，你要知道，我……是认真地想和你过一辈子的。"说完紧紧地握住苏树荫的手，生怕一不留神，她就会抛下自己。

苏树荫回握住任京墨，两个人一起望向前方，彼时春光灿烂，暖阳星星点点洒在两个人的身上。

苏树荫刚刚回到宿舍，就看见本应还有半年才回来的吴苓正站在自己的衣柜前，将衣物一件件从行李箱里转移到柜子里。苏树荫看向吴苓，悄悄地走过去拍了下她的肩膀。

正在想事情的吴苓被吓了一跳，回头看见笑容满面的苏树荫，惊喜地回抱住她说："哎呀！我可想死你了！我以为你最起码要等到开学那天才能回来呢，怎么？学校有事吗？"

苏树荫笑着摇摇头回道："不是，学校里面倒是没有事，只不过要提前回来忙点外面的事情。"吴苓知道她在外面是有兼职的人，点了点头示意清楚。

"倒是你，不是说要交换一年吗，怎么这才半年就回来了？"苏树荫不解地问吴苓。

吴苓一撇嘴回道："提前学完不就回来了。再说我再不回来，恐怕我组织部部长的位置就要被人抢走了！"苏树荫惊讶地问道："一年的课程啊！你半年就学完啦，真厉害！可是一个组织部部长的位置真的有那么重要吗？值得你急匆匆地从国外回来。"

吴苓点点头肯定地说道："当然啊！你不知道现在学生会的权力有多大，尤其是像组织部这种经常和校外的商家接洽的部门，简直就是香饽饽好吗？"

苏树荫这两年来一直在为学业和挣钱这两件事奔波，对于这种学生会的事情倒是关注得不多。听到吴苓这样说，连忙拉着她问："怎么？为什么现在学生会的权力这么大啊？"

吴苓坐下来，拍了拍身边的床铺，示意苏树荫坐到自己旁边来。苏树荫依着坐下，接过吴苓递过来的大辣片，边吃边听吴苓说起来。

原来本来学生会和社团是两个独立的团体，可是由于前几年有些同学向老师反映这样不利于管理，所以学校将社团并入了学生会，这就导致了学生会的规模不断扩大。

苏树荫喝着水，辣呼呼地问道："那社团的经费不都要从你们学生会这边走了吗？"

吴苓点点头道："是啊，而且最近这几年，学校成立了许多社团，一个社团的经费可能不多，但是那么多社团集合起来可是一笔不小的钱。知道不？现在这些经费都是要通过组织部上报到学校的。关键是，每年社团都有定向对外推荐的名额，很多的社团成员都比普通学生更好找到工作，毕竟锻炼的机会那么多，成绩也容易看得见。"

苏树荫喝完水，想了想现在自己的经济压力已经缓解了，由于自己和任京墨联名出的那本漫画书销售量良好，光出版的分红就足以让自己在很长的一段时间里不用再考虑钱的问题了。

"吴苓，你看我现在还能不能加入组织部啊？"苏树荫走过去，试探性地问。吴苓扑哧一声笑了出来，点了点苏树荫光洁的额头说道："你啊，真是个鬼灵精，现在嘛……能进是能进，可是我这个组织部部长可不好太过徇私，你只能跟着大一新生从实习干事开始做起了。"

苏树荫感激地点点头，她知道一般学生会想要进去还要经过三轮面试，吴苓能帮自己直接免掉已经是很难得的事情了。

就这样，苏树荫跟着吴玲进了组织部，开始她迟到了将近两年的校园生活。

第 十 一 章

　　程因是今年刚刚加入学生会的新人，他顺利地通过了组织部的三轮面试，成为学生会的实习干事。

　　"程因！今天部长带了个师姐过来，说是和我们一起做实习干事的，部长忙你去接下她，我们下午还要去准备校运会的设备，正好让她和我们一起去。"程因听完直皱眉，他知道肯定有很多人不满这样的空降兵，毕竟进组织部不是个容易的事，但是为难这样一个弱女子，实在不怎么样。不过他是新人，也不好公然置喙师兄什么。

　　程因点了点头，示意自己已经"收到"，看着师兄满意地走开后，程因自己一个人去往仓库，反正东西也不是很多，自己多搬几趟也能搬完。

　　等到程因看到仓库里堆得凌乱不堪的设备，也是气不打一处来。自从这个姓吴的部长接任以来，听老人们说，组织部的管理就越来越乱了，经常苦事没人做，好事抢着做。程因叹了口气，认命地举起音箱，准备抬到主席台上去。听说这个吴部长的妈妈是学校声名斐然的教授，没办法，赢在起跑线上了啊。

苏树荫急匆匆地推开仓库门跑了进来，边跑边把自己的长发扎起来："对不起，对不起！是我来晚了！"程因就这样愣愣地举着个大音箱，看着自己崇拜的师姐小跑着向自己跑来，人已经傻到呆呆地立在原地，不知道该怎么开口了。

苏树荫看到程因也是一愣，过了半晌才一拍脑袋说："哎呀，原来是你啊，你好！我是新来的组织部实习干事，苏树荫！"说完伸出自己的右手，看向程因。

程因呆呆地看向苏树荫，也伸出手来，"砰"的一声，几十斤重的音箱坠地。苏树荫和程因同时低下头看着地面四分五裂的音箱，呆在原地。

"完了！完了，我把音箱砸坏了，砸坏了！我可赔不起啊！"程因毫无头绪摆弄着音箱，心里焦急不已。苏树荫看着手足无措的程因，曾几何时，自己也是这样，为了一点在别人眼里可能不算什么的钱，而在那里焦急难过，仿佛天要塌下来一样。

苏树荫蹲下身子，仔细看了看音箱，细细地查看了摔裂的地方。程因希冀、崇拜地看着苏树荫说道："怎么样，还能救吧？师姐我就知道你是十项全能的！真厉害，我和你说，幸好今天有你……"

"修不好。"苏树荫淡淡地说完，就将盖子合上，站了起来。

程因呆呆地蹲在那，仰头望向苏树荫，不知道该怎么接话。

苏树荫挥了挥说："哎！哎！小伙子，醒神了啊，我是不能修，但是有人能修啊。"说完掏出手机，拨打电话，让维修师傅赶紧过来。

半个小时后，音箱修理完毕，苏树荫拦住要掏钱的程因说："不用，不用，这个算是工作内损伤，我已经告诉吴苓了，她会报销的。"程因点头说道："师姐，还好你和部长玩得好，要不然咱俩就完蛋了。"

苏树荫呵呵地笑了下，偷偷地用微信把维修费转给了师傅。

"对了，师姐，你都已经是国家奖学金的获得者了，而且你成绩还那么好，怎么突然想到要来学生会当实习干事啊？这样……不会觉得……"

"丢脸？是有一点，我都这么大年纪了，还和你们小年轻的挤在一起，确实比较尴尬。不过我也想看看学生会到底是怎样的，这几年我一直在忙着学业，除了舍友几乎很少和其他同学沟通，这不太好，我想改变一下。"苏树荫笑着回答道。

程因钦佩地看向苏树荫，不愧是自己仰慕的师姐，就是优秀！

他掏出手机，打开来，举到苏树荫面前。苏树荫看着手机里自己突然出现的脸，吓了一跳，急忙地往回缩了一下。

程因还是站在那里，认真地看着苏树荫说道："师姐！你不老，你才比我大两岁，哪里老了？！我妈和我说，女人无时无刻都不要嫌自己老了，你自己都认为自己老了，那其他人不也都觉得你老了？"

苏树荫看着板起脸的程因，笑着踮脚摸了摸他的头说："行啊！小孩子道理懂挺多的。"程因摇了摇头，把苏树荫的手甩开，说道："师姐！我不小了！我已经成年了好吗！"

苏树荫看着认真的程因，也认真地点了点头说道："好，我知道了，我以后会注意的。"

程因点了点头，下了楼梯继续搬起设备来，就这样整整一个下午，苏树荫和程因搭档着将仓库里面的设备全部搬出来后，暮色四合。

苏树荫捶了捶自己酸痛不已的大腿，没想到居然会有这么多设备，不过她也有心理准备，知道自己这样的空降兵必然会引来老人的不满。程因看着坐在台阶上的苏树荫，轻轻地走过去，坐到苏树荫的旁边，侧头对苏树荫说："师姐，我妈是按摩的技师，小时候就把我放在按摩店里……嗯，如果你不介意的话，我来帮你按按可以吗？"

苏树荫侧头看着程因。程因急忙解释道："师姐，我只帮你按肩膀的，你……如果介意的话，那就算了。"

苏树荫摇头，看着程因说："没有，我只是很惊讶，原来你妈妈也是按摩技师。"

程因走到苏树荫身后，蹲下来帮苏树荫按着肩膀，疑惑地问道："也是按摩技师？师姐你家也有人干这行的吗？"

苏树荫点头道："是啊，我爸以前就是做按摩的，可惜他觉得干这行丢脸，没继续干下去，可惜了，其实我妈说我爸那时候的手艺挺好的，生意都渐渐做起来了。"苏树荫摇头，很惋惜地说道。

程因按了按苏树荫的筋，说道："师姐，你的肩膀不怎么好啊，筋都是硬的。"苏树荫点点头，回道："我的肩膀确实经常不舒服，感觉就像有个重东西压着我的肩似的。"

程因点了点头，按了按苏树荫的穴位，想了想措辞以后回答道："其实我妈以前也觉得干这行丢人，我爸也不怎么赞同她做，觉得还不如去超市当售货员。可是我妈说干这行钱会挣得比较多些。那时候我要参加奥数班，一节课就要一百多块钱，所以我妈就坚持下来了。不过……干这行的后遗症也挺多的，我妈经常手腕疼，就是因为经常用力。"

苏树荫点点头，确实是有得必有失。

远处，任京墨站在树影里，脸色阴沉地看着远处主席台上的苏树荫和程因，手里提着的核桃酥已经变得又冷又硬，他知道苏树荫喜欢吃核桃酥，特意去自家开的蛋糕房，手把手地跟着师傅学做核桃酥，忙了整整一天才得了这么一盒，结果，他看到了什么？！

看着前方有说有笑的两人，他知道这是苏树荫的正常交际，但是那个小子一看就心怀不轨，不是个好东西！

任京墨憋着气走到苏树荫跟前，笑容灿烂地盯着苏树荫说道："树树啊，怎么这么晚了还不联系我？我们不是约好一起吃晚饭的吗？"

苏树荫抬起头，看着打扮得骚包无比的任京墨，犹疑地指着他的白色名牌球鞋问道："你确定，要穿着这一身，去夜市？"

任京墨瞪了眼苏树荫，示意她不要在外人面前扫自己的脸面。苏树荫撇嘴，知道他又开始犯别扭了，回过身对程因介绍道："这是我的男朋友，他叫任京墨。"

又对任京墨说："这是我今天刚认识的小学弟，叫程因。"

任京墨绅士地朝程因点了点头说道："你好。"

程因看着任京墨，万万没想到师姐的男朋友居然是大名鼎鼎的，任大探花！他激动地搓着手，握了握任京墨伸出来的手说道："师兄，师兄你好！那个，那个我是今年的新生，组织部的实习干事，我……我的梦想就是进入你家工作！"

任京墨淡定地看着激动的程因，这种态度他从小到大见识过不止一次了。倒是一旁的苏树荫惊讶得说不出话来，本来以为任京墨只是家世稍微好些的小老百姓，可是看程因这态度，任京墨的家庭应该比自己想象的远远豪奢很多。

任京墨将苏树荫的包从地上拿起来，背在身上，慵懒地对程因说道："谢谢师弟的厚爱，不过我家的保姆已经够用了。"

程因听到这话，急得说不出话来，忙摆着手说道："不是！不是！师兄，我的意思是想进入您父亲的公司工作，说完急急忙忙从包里掏出纸笔，刷刷地写下自己的联系方式，双手递给任京墨。

"师兄，这是我的联系方式，我平常经常翻阅相关书籍，对金融时事也很关注，哦！对了！我的成绩也是全系第一，师兄我平常都很有空，希望有机会可以进入您父亲的公司实习。"

程因看着一脸不耐烦的任京墨将自己写有联系方式的便利贴捏在手里打量着，连忙又补了一句："不要钱的，我实习不要钱的！"

任京墨扫了眼苏树荫，他知道她最近进了组织部实习，难得她想和学校里的人沟通，自己也不好让她难做。他看了看程因，友善地点了点头说道："嗯，我知道了，我会记住你的，改天问下人事，看有没有什么合适的位子。"

程因顿时感激地谢过任京墨，直到任京墨和苏树荫走出好远，还在原地摆手。

苏树荫一脸蒙地仰头看向任京墨，咽了咽唾沫问道："任京墨，你家到底是干什么的？看程因刚才那反应简直是……活见鬼了！"

任京墨本来还心里有点嘀瑟，结果听到苏树荫最后一句话，顿时气到憋出内伤。他假装瞪了瞪苏树荫说道："啥叫活见鬼了？我这是友好地和学弟对话！"

任京墨将苏树荫送回宿舍后，静静地看着自己的女朋友，突然伸出手轻抚着苏树荫的脸颊唉声叹气。苏树荫被任京墨温暖厚实的手掌抚摸着，侧了侧脸枕着任京墨的手问："干吗唉声叹气的？"

任京墨仰头望月，摇摇头说："唉，我觉得我的女朋友怎么就那么好看呢？"

说完低着头问道："你说，为什么呢？"

苏树荫被逗得直笑，捶了下任京墨道："你净拿我寻开心，真是太坏了！"

任京墨假装被捶痛了似得，抚着胳膊说："哎哟，可怜的我哦，以后恐怕要被人说是妻管严了！"苏树荫听完更是不依，直接回身说："不理你了！我走了！"任京墨笑着拽回苏树荫，拥进怀里说："别走，让我再抱一会。"

苏树荫下巴枕着任京墨的肩膀，轻轻地依靠着他，点头说："嗯，我不走，我不走。"

吴苓站在楼上，看着楼下的任京墨和苏树荫，眼底的浓雾仿佛此生此世都化不开了。

接下来的一个多月，苏树荫作为一个空降兵跟着一帮大一的实习干事，什么脏活累活都干。所幸的是付出总是有回报的，一天临睡前，在QQ群里，负责带她们这帮实习干事的人，专门艾特了一下她说：苏树荫从明天开始和我们一起负责一项商家赞助校运会的项目。

苏树荫举着手机，舒心地笑了一下，翻了个身继续与周公约会去了。

可是旁边隔壁床上的吴苓，手机灯还是闪闪烁烁地亮着，一片寂静黑暗之中，吴苓的手指在手机屏幕上敲敲打打，手机的灯光把她的脸色衬得惨白无比。

刚刚那个还在群里通知苏树荫的干事，给吴苓发来一条信息说："部长，已经安排妥当了，我会多加照顾苏树荫的。"

吴苓看到这条信息，快速回复道："那就好，谢谢你啊，小刘，我这个舍友脾气比较古怪，这些日子让你们多担待了吧？"

小刘干事连忙回道："哪有，哪有，树荫姐人很好的，经常帮忙，有时候分配的活比较累，她也干得很好，尤其是树荫姐的功课，简直好到不行……"

吴苓看着一说起苏树荫就说个不停的小刘，冷笑一声，慢慢地打了个"嗯"，发过去后，小刘干事看着上面的信息，慢慢地收回还在打字的手，呆呆地看着屏幕，部长这是……什么意思呢？

吴苓冷笑一声，"啪"的关上手机，寝室里沉寂在无边的黑暗里。

次日清晨，苏树荫早早起床，去往吴教授的住处。

"吴教授！你回来啦，我可想死你啦！"苏树荫急步跑过去，抱住吴教授说道。

吴教授轻轻地拍着苏树荫的后背，对于这个和自己女儿同龄的学生，她一直视作第二个女儿，有的时候甚至觉得苏树荫与自己更加相像，都是年少离家，家境不好，全靠自己努力上进，才有了如花似锦的前程。

"树荫，我听苓苓说，你去了她部里当实习干事？"吴教授递给苏树荫一个橘子，疑惑地问道。苏树荫接过，缓缓地剥开橘皮，捻起一瓣放进嘴里，橘子在口腔中炸开，甜中带着橘子特有的香气。不似母亲，每次都只舍得买小而酸涩的橘子，吃起来除了浓烈的酸味再无其他。

苏树荫将剥好的橘子递给吴教授，点了点头说道："是的，我去组织部当了实习干事。"

吴教授听到从苏树荫口中说出来的答案，立时急了起来，推开苏树荫递过来的橘子，一屁股坐到苏树荫的旁边问道："苏树荫！你是不是疯了？你大一的时候和我说你想去上海工作，好照顾家里，可是呢？你这几年为了这个目标做了多大的努力！你自己知道！你现在进组织部完全是在浪费时间！"

苏树荫苦笑，原来早在大一的时候，对自己视若亲女的吴教授就问了自己的工作意向，当时母亲的身体不好，苏建国又到处打牌，吃喝嫖赌就剩后两项他不敢了，自己怎么可能在远离家乡一千多公里的城市工作。

苏树荫笑着将一瓣橘子塞进吴教授的口中说道："哎呀！我知道这是在关心我，但是我现在不也干得好好的嘛。"

吴教授摇头，问道："树荫，我知道你不是想一出是一出的人，你一定是遇到什么事情才会这样做，告诉吴姨到底怎么回事？"

苏树荫张了张嘴，不知道该如何开口，良久，就在吴教授以为她不会再说什么的时候，苏树荫突然低声问道："吴姨，你知道任京墨的家庭怎么样吗？"

吴教授本来一心等着听苏树荫的答案，听到苏树荫这么问也是一愣。无怪乎她惊讶，毕竟为了吴苓的前途，这半年来她也随着吴苓一起远赴美国，直到今日才回来。

吴教授想了想回答道："我和京墨这小子的妈妈年轻的时候就认识，至于京墨的爸爸倒不怎么熟悉，不过京墨他爸爸在全国的金融圈子里都是执牛耳的人物，尤其是最近几年，你也知道国内的经济形势越来越好，所以……京墨他们家自然也是水涨船高，不过……树荫，这和你放弃去上海实习的机会，留在学校当个实习干事有什么关系？"

苏树荫想了想，决定将自己和任京墨的关系告诉吴教授，苏树荫握住吴教授的手说："吴姨，其实……我半年前和任京墨……确定了关系了。"

吴教授看着眼前娇羞可人的少女，心底的震惊无以复加，这、这当真是命运弄人啊！她知道自己的女儿从小就喜欢任京墨，虽然自以为是地瞒住了自己，可是哪个当妈妈的不关注女儿，苓苓那画了满满一柜子的画，虽然轮廓是简单的勾勒，但自小看着他俩长大，怎么会不知道那就是任京墨！

吴教授勉强对苏树荫笑了笑，不知道此刻是该恭喜她，还是安慰自己可怜的女儿。

过了半晌，吴教授抬起手温柔地将苏树荫耳边的长发别到耳后，问道："京墨这孩子，从小就被我们惯坏了，时常随心所欲地干事，也不太顾忌旁人的感受。我记得以前在高中的时候，我一个老同学的女儿，一见到他就喜欢得不行，结果那孩子生生给人家闹了个没脸，把我那个老同学的女儿啊，给硬生生气到国外读书去了。树荫……我告诉你这些，只想告诉你……"

吴教授顿了顿，看着窗外的夜空，像极了自己生吴苓那晚，那个人渣为了自己的前途，和院长的女儿一起携手远赴美国，老早将自己这个初恋女友忘到了脑后。那个仗势欺人的院长女儿，更是在学校百般刁难自己，学生会也将自己的社工奖学金收回。吴教授想了想那段艰难的日子，转身继续说道："树荫，人生并非事事都能够美满如意，尤其是你和京墨这样的家庭，足以让你们在未来的很多日子里，意见向左，尤其是京墨，并不是那种很会照顾人的人。"

苏树荫点头回道："我知道，我知道京墨的脾气不好，但是……我总想试试我和他之间有没有可能长远地走下去。吴姨你知道吗？我以前觉得我的人生除了挣钱就是挣钱，但这半年多来，我有时候居然会觉得，停一停休息一下也挺好的。"

吴教授看着眼前这个女孩，不似吴苓那样酷似她那个薄情的父亲，这个女孩像极了自己。她点头道："好，树荫，只要你觉得快乐，那就是好的爱情，不过有什么事要多和你吴姨说。"

苏树荫点头，与吴教授告别，下了楼后，看着繁星点点的星空，苏树荫将手揣进兜里，慢悠悠地逛回宿舍，夏天啊，又在不经意之间悄然而至了。

刚刚回到家的吴苓，看见客厅茶几上摆着的稻香村点心，就知道一定是苏树荫来过了，在心底冷笑一声。吴苓走到母亲身边，环住母亲的脖子撒娇地问道："妈——事情办妥了没？"

吴教授把自家女儿的手一拍，点着她的头说："办好没？没办好！苓苓啊，让你当这个组织部的部长，老妈都觉得做错了。你责任心不强，已经有很多学生私下里和我说，你压根都没怎么管理组织部，导致现在组织部人事混乱，还经常抢活干！你现在还让我帮你，去和你们院长说让你当主席？吴苓！这里是学校，不是你妈妈自己的私有物品。"

吴苓无所谓地摆手说道："妈！你现在知道说我了，那我当初想当组织部部长的时候，你不是一句话就搞定了。现在这么犹豫，恐怕是不待见你自己的亲生女儿了吧？！"

吴教授听到吴苓这样说，气得不行，指着吴苓的鼻子问道："我不待见你？我不待见你我去求你那个负心汉的爹！我不待见你，我推掉工作去美国照顾你！结果你呢？想一出是一出，说不念就不念了，屁颠屁颠地跑回国来。你别以为我不知道你心里想的是什么！不就是任家那个小子不想出国了嘛！"

吴苓恶狠狠地把稻香村的盒子往地上一砸，本就易碎的糕点顿时四散得满地都是，吴苓发疯似的冲吴教授吼道："是！我就是为了任京墨回来的！那个苏树荫简直就是个不要脸的狐狸精，抢完你就去抢京墨！是了，是了，她就是嫉妒我！那个村姑就是嫉妒我！"

"啪！"伴随着一声清脆的巴掌声，吴苓捂住脸难以置信地看向对自己宠爱了十几年的母亲。

吴教授的肩膀慢慢垮了下来，跌倒在沙发上，失望地说道："是我，是我！这么多年来，一直对你太过溺爱，宠得你唯我独尊，目中无人！"

吴苓冷笑一声回敬道："溺爱我？！从小到大，你除了忙工作就是忙工作，我不是搬到任阿姨家住，就是回去和外婆待在一起。怎么？现在吴大教授功成名就了？记起自己还有个女儿了？"说完，回头踩着一地的糕点碎，一步一步走回自己的房间，身后一向刚强的吴教授眼眶里的泪水夺眶而出。

凌晨，窗外的灯光，将吴苓的房间映射得像个暗夜琉璃场，落地窗边，吴苓坐在一盏暖色黄灯下，一笔笔地画着今天看到的任京墨。

他今天穿了条水洗深蓝色的牛仔裤，衬得他身姿如松。吴苓细细地勾勒出自己熟悉的长腿，慢慢举起画来，仔细地欣赏着。

过了一会，像是想起什么似的，吴苓恶狠狠地盯着画上任京墨旁边的空白位置，可恨，今天的他身边还是站着那个心机婊。吴苓泄愤似的将画纸一点点撕碎，看着被撕得支离破碎的任京墨。吴苓打了个哆嗦，手忙脚乱地捡起碎纸，又开始一点点拼凑起来。

次日，一大清早，逸夫楼外面就聚集了一大堆的人。这些放眼全国都名列全茅的学生们，此刻正在竞争一项对他们来说都算得上格外诱人的机会——前往香港这座金融大都会交流实习。一旦被确认为管培生，就意味着前程似锦、意味着可以在中国乃至世界任何一个大都会城市挑选职位。

苏树荫也早早就准备好了材料，此时她和程因一起站在组织部的队尾，苏树荫抱着自己的资料，紧张地看着前面的报名点，回头对程因问道："哎！哎！帮我看看，我的领带歪了没？啊？歪了没？"

程因叹了口气，第八百次回答道："没有，没有歪，苏树荫你放松，放松啊！只不过是个面试，淡定一点。"

苏树荫白了他一眼，他这个小萝卜头，哪知道老阿姨的烦恼。有了这次的名额，她就能直接和任京墨说了，想到自己向任京墨主动求婚时，任京墨的表情，苏树荫不觉笑出声来。

程因看着又莫名其妙傻笑的苏树荫，仰头望天，苍天啊！恋爱中的女人伤不起啊。

"来、来、来，现在大家按照自己在学生会的部门站好位置！"一个在学生会主持这项工作的大四师兄走了出来，拿着名单开始组织面试顺序。

"组织部，对！组织部的站在右数第一列。然后是……"核实完名单的师兄，放下名单往回走去。

一个没有参加学生会的女生，怯生生地小跑过去问道："师兄！师兄！那我呢？没有我的名字吗？"

那个拿着名单的大四师兄回头打量着女生，问了她的名字，对着名单又细心地找了一遍后，无奈地摇头道："对不起，同学，名单里没有你。"

女孩不信似的，自己抢过名单又仔仔细细看了一遍，确认没有自己后，终于忍不住在大庭广众之下哭出了声，她死死地攥住名单问道："为什么？我为这个准备一年多时间了，为什么没有我啊？"

大四师兄无奈地回道："同学，你应该不是学生会的吧？今年这场特招是专门针对本校的学生会成员的。"

女生不服，吼道："凭什么？！我用了一年的时间来准备，我的成绩、奖项都比我在学生会的同学高得多得多！凭什么没有我！？"

大四男生听到这话，正想出言安慰一下，毕竟浪费了一年的时间，换谁都有点难以接受。

哒哒哒，吴苓踩着高跟鞋，推开大四师兄，对着女生说道："因为你不是学生会的人，因为你一直泡在图书馆，用着学校的资源，算着自己的小心思，却从来没有为学校贡献过什么！所以……理所当然的，这次项目特招只给学生会成员机会！"

女生听着吴苓的话，愣愣地站在那里，不知道该如何反驳。

一直站在一旁的苏树荫实在看不下去了，将女生拉到无人的角落，递上纸巾让她擦擦满脸的泪水，才重新跟上组织部的队伍，朝逸夫楼里走去。

苏树荫站在讲台前，不疾不徐地介绍了自己，然后微笑地看着评委。

"苏同学，请问你对我国今年来一直提倡的普惠金融有什么感触？"一个身穿黑色西服的中年人，操着一口带着港味的普通话问道。

苏树荫思考了一会回答道："对于我国现行的普惠金融政策，我个人的感触是，稳步中带有强劲的中国特色。我曾看过焦瑾璞先生的《普惠金融体系蓝皮书》，我认为，普惠金融可以摆脱我国金融只为富人服务的固有思想，为基层金融机构和更多的普通人，提供更好的金融服务，从而更好地发挥金融的利好效应。"

男人听完点点头，回头望了望身边的老者，老者回以肯定的眼神。

苏树荫看着这样的情况，打鼓似的心终于平缓下来。站在门外的程因期待地望着苏树荫，忙不迭地问道："怎么样？怎么样？答的如何？"

苏树荫自信地比了个耶，看着程因期待的眼神，又耐心地将自己的回答告诉了他。

程因点头道："嗯，这样就好，听你刚才的意思，应该是没什么问题了，就等一周后收到通知吧！"

苏树荫点头，示意清楚。

随后，程因与苏树荫挥手分别，苏树荫回身看着阳光中走在树荫小道上，哼着小调的程因，摇头包容一笑，这个小男孩啊，真的是没心没肺的。

校道上，程因边走边盘算着待会该去哪玩，才能安慰一下自己失落的心情。其实他知道以自己的资历和能力，这次来参加这样的项目纯粹是来陪跑的。而等到明年，全校学生竞争的时候，基数会变得比今年扩大不止十倍，更是没有任何希望可言了。

不过还好，他有个优秀的师姐，等苏树荫去香港实习，倒是可以跟着过去见识见识。

吴苓站在校道上，看着程因朝自己走来，自信一笑，迎了上去。

"程因！"吴苓拦住程因说道。

程因意外地看着吴苓，他从进组织部开始，能和吴苓说上话的机会屈指可数，当然主要原因吴苓也不屑于和自己这种实习干事闲聊，怎么今天这个组织部部长会拦住自己？程因摸了摸自己的脸，难道是自己又长帅了。

吴苓看着明显在瞎想的程因，翻了个大大的白眼。这厮简直就和那个苏树荫一样，讨人嫌得很。

程因坐在椅子上，看着对面的吴苓，不明白她神秘兮兮地将自己拉到校外的咖啡馆是什么意思。

吴苓慢慢拿出自己放在包里的东西，缓缓地推到程因面前。

程因漫不经心地看了一眼，等到看清楚上面写的是什么，身子往前一倾，差点没控制住将嘴里的咖啡喷向面前这张宝贵的小纸条。

吴苓满意地看着程因的反应，缓缓说道："怎么？是不是觉得自己这辈子都不会见到这张纸了？"

程因呆呆地点点头，难以置信地拿起来，仔仔细细看了一遍，再次确认，没错！这就是这次香港项目的过审表。

程因不好意思地冲吴苓笑了笑，双手不断摩挲着小纸纸说道："师姐，咱两非亲非故的，你对我这么好，我以后出人头地了一定好好报答你！"

吴苓看着激动的程因，冷笑一声对程因说道："程因。"

程因正在四处找笔，听见吴苓叫自己，连忙回头答道："师姐，怎么了？"

吴苓转了转手中的咖啡杯，看着程因说："你虽然长得丑，但你想得可真美啊。"

程因拿着好不容易找到的笔，疑惑满满地问道："师姐，你不是给我机会让我去香港吗？怎么我就想得美了？"

吴苓冷笑一声说："难道你以为我白给你这个机会？你知道吗，这是我自己去香港的名额，让给你，就意味着我得老老实实地留在学校，履历上也比其他人差了一截。"

　　程因到现在还没反应过来的话，就是个大傻蛋了，他缓缓放下手中的表，迟疑而又小声地问道："那师姐，你想让我怎么样？我知道这次机会很难得，师姐你也知道我家困难，如果、如果能去香港，那、那说不准我这辈子的命运就改变了！到时候，我一定会报答师姐的。"

　　吴苓笑了笑说道："不用，你现在就能报答我。"

　　程因不解地看向吴苓，不明白她的意思。

　　吴苓拿起自己早已经准备好的东西，将自己的计划详详细细向程因讲了个清清楚楚。

　　程因听着吴苓的计划，当真心思巧绝，一步一步将苏树荫逼上死路啊。

　　"怎么样？只要你答应，以后前程似锦，你也算是光宗耀祖了。"吴苓斜睨着程因，自信满满地问道。

第 十 二 章

程因看着面前的表格，握笔的手越来越紧，他想到自己给人捏了一辈子脚的母亲，懦弱无能但对自己宠爱有加的父亲，只要、只要自己抓住这次机会。他们的下半生将过得体面舒适，悠闲自在。

程因缓缓抬头看了眼吴苓，慢慢地落下了笔……

一周后，苏树荫坐在逸夫楼前的木凳上，安静地等着人叫自己进去填表，对于这次的香港之行她已经规划好了一切，就等着填好表格，尘埃落定之后就可以向任京墨说了。

苏树荫仰头枕着手臂，看着树上跃来跃去的喜鹊，脸上是前所未有的闲适。往后余生，自己终于可以不再觉得孤单，与君相伴，日日心生欢喜。

"苏树荫，你进来。"上次的那个大四师兄一脸凝重地看着苏树荫，招手让她进来逸夫楼。

苏树荫莫名其妙，不知道为什么突然让自己现在就进去。苏树荫迟疑地站起来走进逸夫楼。

窗外已是盛夏，可是此刻的苏树荫却手脚冰凉。看着手里厚厚的一沓证据，下意识地不断摇头，想要解释。

经济学院的院长和党委书记坐在苏树荫对面，惋惜地对视了一眼，问道："苏树荫，你还有什么想说的吗？"

苏树荫抬头，将资料重重地往前一推，仿佛这样就可以走过这场噩梦。

"我没有！我没有这样做！院长，你也知道的，我不是这样的人，我年年考试都是年级前三，我、我怎么可能在这么重要的面试里头作弊！"

院长摇了摇头说："其实我们也觉得你不太可能做出这样的事情。可是有人举报你，而且是实名举报，现在整个学校都闹得沸沸扬扬。你也知道这次项目本来就让很多不是学生会的学生心生不满，如果我们不对此事进行处理，恐怕会影响到整个学校的声誉。"

院长说完，侧头看了看其他院系的领导后，点了点头说道："所以……苏树荫，很遗憾，我们打算对你进行退学处理。"

苏树荫听到这个无异于是对自己宣判死刑的决定。整个人都瘫倒在椅子上，手脚发软。半晌，才哑着嗓子问道：

"是谁？是谁冤枉我？！"

院长叹了口气，本来是不应该告诉当事人的，但是苏树荫这丫头，实在是可惜了，院长收起资料后说："是程因，你那个小师弟。"

苏树荫难以置信地瞪大了眼睛，自嘲地笑了笑，果然……人心难测。

院长拿起电脑，准备登录官网，发布公告。就在这时，办公室的大门忽然被猛地推开。吴教授冲过来，拦住院长说道："院长！院长！我有折中的解决办法。苏树荫这丫头不容易，不能就这么毁了她！"院长放下按在键盘上的手，看向吴教授，示意她说。

吴教授喘着粗气说道："院长，我们学校每年不都有非洲困难地区支教一年的政策吗？以前很多学生都觉得苦不愿意去，不如今年的名额就给苏树荫，让她保留学籍，去非洲支教一年？"

院长想了想，确实这不失为一个好主意，既可以对外有个交代，又可以不毁了苏树荫这个丫头。想了想后院长点头同意道："既然这样，我就为苏树荫做这个主了，即刻起苏树荫去非洲支教一年，视其表现，回来后再做决定。"

吴教授点头，示意不反对，又看向苏树荫，示意她起来感谢院长。毕竟这样的决定院长还是担了很大风险的。

苏树荫撑着椅子站起身，对着吴教授和院长深深鞠了一躬，声音颤抖着说道："谢谢，谢谢。"她知道，自己的前途被暂时挽救了下来，接下来就要靠她自己了。

两天后，打包好所有行李的苏树荫，将手中一半的存款打给母亲后，远赴非洲，开始了自己一年的支教生涯。

飞机上，任京墨靠在椅子上，手指按摩着太阳穴，这次为期两个月的经济学研讨会可是把自己好整，整个场地全部封锁对外交流，也怪自己第一次参加，没有早做准备。

想到即将要见到苏树荫，任京墨雀跃无比，他伸手从口袋里掏出一只丝绒的小红盒子，轻轻打开，里面是他自己研制的一枚戒指，他往这枚戒指里面安装了一个小芯片，里面有一个远程程序指令。任京墨轻轻将盖子重新合上，他们马上就要毕业了，等到毕业典礼的那一天，他要向苏树荫许下此生携手的承诺。

任京墨拉下眼罩，重新睡去。浅浅的呼吸声里都带着不为人知的喜悦。

即便中国此刻已经入秋，但非洲还是酷热难耐，尤其是这里蚊虫遍地，招蚊子体质的苏树荫刚来不久就被叮得满腿都是包。

幸好苏树荫很快就适应下来，和这里的人也能简单地交流几句了。

吴苓踩着今年新款的名牌高跟鞋，嫌弃地看着进入支教点唯一的一条路——说是被人踩出来的烂泥道更恰当一点。

想了想此行的目的，吴苓咬牙踩进烂泥里。

正在学校里的苏树荫，站在水龙头下，帮学生清洗头上的虱子，这里的人常年累月不洗头，所以孩子头上经常会有虱子出现，支教团来了这里，每隔一天都组织人手为学生洗头。希望可以培养他们讲卫生的习惯。

苏树荫将水洒在一个学生的头上后，正准备给她打洗头液。倒了倒瓶子，苏树荫叹了口气，没想到这么快就用光了。站起身来，苏树荫准备回去再拿一瓶。

吴苓双手插在防晒衣兜里，看着被晒得微黑，但是却笑容满面的苏树荫，心情难以言表。

她走过去，看着苏树荫问道："怎么样，老舍友，有没有空聊几句？"

苏树荫看着她，继续低下身子为学生洗头，其实她走的那一晚，程因就跪在她面前，声泪俱下地将事情说了个清清楚楚。

好半晌，苏树荫帮学生洗好头后，看着还站在那里等着自己答案的吴苓说道："走吧，去我宿舍。"

吴苓点头，跟着苏树荫走到宿舍后，看着铁板窗，还有苏树荫寥寥无几的生活用品、堆在桌上的药品盒子。沉默了好半晌才低声对苏树荫说道："树荫……对不起。"

苏树荫仿佛没听见一般，将床铺扛起来，准备走到外面去晒被子，这里潮湿无比，如果不经常晒被子，晚上就像睡在湿漉漉的冰窖里一样。

吴苓伸手抓住苏树荫的胳膊，艰难地开口说道："树荫，你家……出事了。"说完将自己手机里的视频点开放给苏树荫看。

原来自从苏树荫出事以后，苏建国以为再也靠不成女儿养老了，索性固态复萌，开始和他那帮狐朋狗友吃喝玩乐起来。

母亲劝了他几次，反而被他打了一顿，最后又不舍得去医院。终于有一天回到家，才发现苏建国卷走了家里所有的钱，跑了。

苏母是最后知道这件事情的人，自那晚之后就病倒了，被送进了医院，现在靠着亲戚朋友的帮衬，才勉强活着。

苏树荫看着视频，短短数月不见，和吴教授同龄的母亲，已经苍老得两鬓斑白。

苏树荫抱着被子，这是自己临出国的时候母亲连夜缝好的。

吴苓叹了口气，转身朝外面走去，身后的苏树荫坐在松软舒适的被子上，在这遥远的异乡痛哭出声。

任京墨站在父亲的办公室里，双手握紧成拳头，他不明白为什么他一回来，他的树树竟然去支教了。所有人都对这件事情讳莫如深，甚至连一向支持自己的母亲也摇头不语。

"爸，为什么树树要去非洲支教？她不是准备去香港的

吗？是不是你？"任京墨不信任地看着任父，任父回头，将
苏树荫被举报作弊的事原原本本告诉了任京墨，接着说道：
"京墨，这样品德有亏的女孩子，我和你妈妈都是不赞同你们
之间再维持这样的关系的。你看苓苓，一直在你身后这么多
年，你爸也不是个老眼昏花的人，京墨……你好好考虑一下
吧。"

任京墨盯着父亲，好半晌以后转身离去。

一周后，任京墨双脚踏在非洲大地上的那一刻，整个人
的心情就像久困笼中终于自由的雀鸟，兴奋无比。任京墨再次
伸手进口袋里，摩挲着那个柔软的红绒布盒子，确定它还好好
地躺在那里以后，任京墨拎起行李箱，向苏树荫所在的学校
走去。

学校里，苏树荫摩挲着一张银行卡，小小的一张居然就
能决定母亲的生死。苏树荫嘲讽地笑了笑，将卡细心地贴身收
好。她已经申请好提前回国照顾母亲了。等到自己一到，苏
建国家那帮恶心的亲戚也能往旁边站一站了，想乘机卖自家
的房子捞钱，一群人天天围在母亲的病床前，喋喋不休，等
到……等到她回去，母亲就没事了，一定会没事的。

任京墨走进房间，看见多日不见的苏树荫，原本雪白的
肌肤已经被晒成了健康的小麦色，苏树荫正垂头坐在那里，熟
练地拿着针线在缝自己的衣服。

"树树？"任京墨试探着叫了一声。

　　苏树荫听到任京墨的声音，淡淡地瞥了一眼，说道："你来了。"

　　任京墨此刻全部心思都沉浸在自己的计划里，看见这样的苏树荫也只是紧张地点了点头。他看着苏树荫觉得此刻什么场合、什么时间点都不再重要了，重要的是现在，苏树荫站在自己面前，这已经足够了。

　　苏树荫看着突然单膝跪地的任京墨。心下没有半分喜悦，唯有无尽的苍凉。苏树荫将手里的衣服放下后慢慢走向任京墨，看他干净整洁的西装裤上被染满尘土，怎么看都是满眼的不合身份、不合时宜。

　　苏树荫缓缓地拿起红绒布盒里的戒指，在指间轻轻转动着，想要套在自己的无名指上，可是裤兜里硌人的银行卡，无时无刻不在提醒自己，这是妄想。

　　苏树冷笑一声，将戒指扔回盒子里说道："任京墨，我是不是一直没和你说过，我其实不想和你结婚，一想到以后余生都要和你在一起度过，我就觉得绝望。"

　　任京墨莫名其妙地看着苏树荫，觉得她开玩笑也开得太过分了。他站起来，眼睛死死盯住苏树荫说："苏树荫！有些玩笑开过头就不好玩了，你到底怎么了？"

　　苏树荫摇头说道："我没有开玩笑。任京墨你为人自私又高傲。有时候我们俩吵架，明明双方都有问题，但是你总是让我先道歉，先低头。任京墨我累了，你走吧。"说完，走进寝室里面，关上门。

任京墨看着决绝的苏树荫，感觉一切好似做了一场梦似的，从天堂到地狱，也不过都是苏树荫罢了。他看了看自己手中的红丝绒盒，因为被自己紧紧地握住，手中紧张的汗水浸湿了柔软的丝绒，衬得那红色格外刺目，任京墨又握了握盒子，牢牢地让盒子的棱角刻进手心，然后猛然回身，将这个从中国到非洲、从大一到大四，耗费了他无数心血的戒指，连同自己的心意，丢向了横亘无际的非洲草原。

一年后。

"树树，我说你马上就要出门了，怎么还不收拾行李？"苏母站在苏树荫的卧室里，看着还躺在床上不肯起来的女儿问道。

"哎呀，妈！不急嘛，这不车还没来呢，我收拾行李很快的，让我再睡会！"苏树荫在床上翻了个身，拥着被子迷迷糊糊地回答道。一年前，苏树荫成绩优异，答辩总分全系第一，本来还在讨论让不让苏树荫毕业的院系领导们哑口无言，决定让苏树荫顺利毕业。随后苏树荫参加了国家公务员考试，被顺利录用，成为了一名公务员。

今天，就是苏树荫回去单位的日子，放了一个长假的苏树荫现在只想赖在家里，待在母亲身边。

　　"你给我起来！你不起来是吧？不起来我，我……"苏母气得不行，她这辈子最看不惯别人懒散的样子，她把被子一掀开，将苏树荫一把拎起来，让她去洗漱。

　　经过一年休养的苏母现在精气神十足，加上苏树荫又争气，除了正式工作体面，有前途以外，在外面还兼职。苏母现在人逢喜事精神爽，连带着人也变得年轻了许多。

　　苏树荫洗漱完毕后，看着提着个保温桶准备上街打豆浆的母亲，急忙把头发一扎，挽着苏母的手臂说道："老妈，我和你一起去，打完豆浆我们去菜市场的二子家吃碗馄饨，好不好？"

　　苏母假意不高兴，把苏树荫的手拍开说道："去外面吃什么？家里还有昨晚的剩饭，回来我给你熬粥喝。"苏树荫摇着苏母的手撒娇着说道："我不要！妈，你的宝贝女儿马上都要离家了，我们就去吃一顿嘛！"

　　苏母看了看自己唯一的宝贝女儿，笑着无奈点头道："好好好，就依着你，行了吧。"

　　等母女俩打完豆浆，晃晃悠悠地准备走去二子家吃馄饨的时候，豆浆店门前，卖馒头的曾阿姨突然拦住了苏母。曾阿姨是苏母的老朋友，苏母受伤的日子多亏有她照顾，才养好了身子。

　　此时的苏母拎着个保温桶，疑惑地望向曾阿姨说道："小曾，你咋啦？生意都不做啦？拉着我唠嗑！"

　　曾阿姨看了看一脸不知情的苏母，问道："你不知道吗？那个苏建国，嫖娼被抓啦！现在还在看守所里蹲着呢！他姐姐姐夫嫌丢人，到现在都不肯去警局保他出来，现在天越来越冷，听说他在里面就穿个大裤衩，冻得直叫唤呢！要我说啊，真是恶有恶报！活该！当初害得你们娘儿俩多苦！现在总算遭报应了！"

　　苏母看着激动的曾阿姨，依然神色淡淡地站在那里，仿佛曾阿姨说的是一个她不认识的人。苏母回头看了看神色暗淡的苏树荫，拍了拍她的手说："我和苏建国已经没有任何关系，以后……他还是你爸，你要是想孝敬他……我也不反对。"苏树荫听完，回握住母亲的手，两人告别曾阿姨，手挽着手，相互依靠着去吃馄饨。

　　当天晚上，苏树荫赶赴县城，签字，领出苏建国。可怜苏建国，大冬天的仓皇被抓，身上也没有厚衣服。苏树荫回头看了看抱着手打哆嗦的父亲，默不作声带他进了一个暖和的小餐馆，又匆匆忙忙去买了两套衣物。

　　苏建国握着手中滚烫的茶水杯，仔仔细细地看着自己的女儿，曾几何时，自己因为生了这么个女娃娃，被老家村子里的人嘲笑不已。谁能想到，二十年后，老苏家最有出息的人，就是自家这么个女娃娃。苏建国咽了咽口水，眨了眨渐渐湿润的眼睛问道："树树啊，你们娘儿俩……"

　　"过得很好，我妈的病已经痊愈了，前几天还跟着曾阿

姨参加了老年歌舞团。我按月打钱给她，够生活了。"苏树荫
打断父亲的问话，迫不及待想要说出这几年她们没有他也过得
很好。

苏建国点了点头，正好面端了上来，他急忙将头埋进氤
氲的雾气里。刺溜刺溜地吸着面。

牛肉的香气里，苏树荫起身，推门，

"爸，没事，就别出去玩了，老了，我也能养你了。"
挂在门上的铃铛叮铃叮铃响着。

苏建国吃进口中的面，咸得发苦。

翌日清晨，吃完早餐，苏树荫与苏母告别后，踏上北上
的列车。随着行程渐行渐远，路上的绿色也越来越少，苏树荫
看着窗外，突然想到当年自己第一次去支教时，对什么都好奇
无比，对列车上的任何东西都要看看，是做什么用的。

那时候……任京墨老在自己身边絮絮叨叨地说着："苏
树荫！你能不能不要那么傻呆呆的啊，这个是枕巾。哎呀别扭
啊！那个是充电口，你想被电死啊你！"

苏树荫看着铺上的充电口，这么多年过去了，早就已
经改进成防触电的了。她侧头，看着车窗外光影斑驳的铁丝
网，不断往身后退去。

"苏树荫！你怎么还不去洗漱？"任京墨推门进来，对
苏树荫问道。他刚刚就着水龙头洗了个头，此时湿漉漉的头上
盖着个毛巾，还在不断往下滴水。

　　苏树荫第一次看见这样的任京墨，心里暗暗觉得自己看中的男人当真帅气无比。苏树荫扭过头看着墙板说："不想去，今天跑了一天，累死了。"说完，往床铺里对着被子上，重重地倒下去。

　　任京墨擦掉头发上滴落下来的水，蹲在床沿边，深潭似的眼睛目不转睛地看着苏树荫说道："树树，我们……毕业就结婚吧，好吗？"

　　苏树荫本来已经在半睡半醒之间，迷迷糊糊之间听见任京墨说的这句话，猛地睁开眼睛，抬头看向任京墨。

　　彼时，车窗外的灯光，暖意洋洋，将任京墨挺翘的鼻子打得侧影诱人。苏树荫缓缓地重新躺进床铺里，在任京墨逐渐暗淡的眼神中低声回答到："好。"

　　任京墨的眼神瞬间像极了黑暗中绽放的绚烂烟花，他牢牢握住苏树荫的手，以为此生必不会再有分离。

　　"乘客们，请注意，前方已到达×××车站，请乘客们有序下车。"

　　温柔的女声携着北方无尽的风沙，唤醒了苏树荫。

　　苏树荫拎着箱子，脚踩在水泥地上，看着四周来来往往的人潮，突然觉得了无乐趣。妈妈这一年逐渐想开了，不再把自己当成生命中唯一的支柱，有的时候还经常约一些阿姨出去旅游。好虽然好，但是却让苏树荫每每回到家中都觉得自己不再被需要。所谓年纪越长，与家越远，远的除了距离或许还有子女与父母吧，终不似……年少时。

苏树荫抬脚，踩着细高的黑皮鞋，走到售票窗口说道："麻烦，给我一张去××的票。"苏树荫掏出钱夹，打开后又立即补充道："最快的！谢谢。"

重新坐上列车的苏树荫，一路向南，驶向祖国的西南边陲。

一天后，苏树荫走进曾经支教的小学。这几年外界对这个村庄的越来越关注，也因此村庄里奇绝的风景，陡峭奇特的地形被全国各地的网友所追捧。苏树荫手指划过讲台，拿着粉笔转着，试图在装修一新的教室里，找到曾经属于自己的记忆。

"这位朋友，马上就要上课了，麻烦不要打扰学生正常上课哦。"李迎男扎着高马尾，抱着课本笑着走过来，对背着身的苏树荫说道。

苏树荫再次听到多年未曾听见的声音，嘴角慢慢勾起一个圆满的弧形，转身。压抑着喉中的酸涩对李迎男说："迎男，好久不见。"

"啪！"李迎男手中抱着的课本应声落地。

学校新建的操场，塑胶跑道上，一队队的学生有序地小跑着。远处的主席台上，苏树荫和李迎男肩并肩坐在看台上，手里拿着汽水，看着面前一队队学生不断跑过。

"树荫，听说你考上公务员了，恭喜你啊，前程似锦！"李迎男含着吸管，晃着腿说道。已经做了几年老师的她，早已不复往日心境，现在只想做好自己的工作，教育好学生，照顾好母亲和弟弟。

"还行吧，不如你自在，整天和学生待在一起，不用想太多。"苏树荫就着汽水，啃了口刚刚烤好的红薯说道。

两人年少时倒没好到无话不说，现在长大了，反而互相体谅理解，成为少有的可以说知心话的人，也许相隔太远，反而方便聊心。

"对了，你还记得小娟吗？"李迎男将汽水喝干净，把汽水瓶小心地放到一边，打算待会下去的时候还给小卖部的老板娘。

"小娟……"苏树荫想着这个久远的名字，那个小丫头不知道怎么样了，她那么聪明，现在应该还是学校里名列前茅的尖子生吧。

李迎男看着陷入回忆中的苏树荫，敲了敲她的汽水瓶说："别想啦，我带你去看她，怎么样？"苏树荫疑惑地看着李迎男，"现在学生还没放假啊，去看她不会打扰她的学习吗？"

李迎男摇了摇头，对苏树荫说道："你跟我来就知道了。"

两人走了十几分钟，苏树荫看着正站在路口，给人打包饭菜的小娟，瘦小的身体仿佛被时间之神忽视，这么几年过去了，还一如当初一样瘦小。

李迎男看着不停忙碌着为大车司机打包的小娟说道："自从陈萍被判入狱以后，小娟她家彻底没了经济来源。小娟她那个没用的爹，有次喝多了从路边摔进了山沟里，拉上来的时候人就不行了。"说完叹了口气，似乎继续说下去需要足够的氧气和勇气。

"后来呢？小娟怎么会跑到这里来卖盒饭？"苏树荫哑着嗓子问道。

"后来……小娟就成了无人管的孩子，她家的房子和地被她爸的那几个兄弟瓜分以后，小娟就被送到了县城里的福利院。后来……也不知道为什么，小娟跑了回来，现在住在她二姨家，帮衬着她二姨卖盒饭补贴家用。"李迎男缓缓地将小娟这几年来遇到的事情说完，所有的苦难凝聚成几句话，压得她喘不过气来。

苏树荫点了点头，看着已经将盒饭卖完的小娟，麻利地将东西收进泡沫箱，双手用力拉住泡沫箱，费力地抬起来，往回走去。巨大的白色泡沫箱，将瘦小的小娟整个都挡住，从远处看就像泡沫箱自己在移动似的。苏树荫看着这一幕，扑嗤笑出了声，眼泪又缓缓从眼角滑落。

"迎男，你说以我现在的条件，收养小娟可以吗？"李迎男惊讶地看着苏树荫。她故意带苏树荫来看小娟，本意确实是为了让苏树荫帮助小娟，毕竟自己在这样一个村小学当老师，工资确实不够高，但是万万没想到苏树荫居然想收养小娟。

"树荫。你疯了吗？你还是未婚！收养一个小孩子对你这种单身女性意味着什么，你知道吗？！啊？"李迎男看着苏树荫，简直想抽死自己。

相比于激动的李迎男，做出这个决定的苏树荫反倒淡定很多，她语气淡然却又不容置喙地对李迎男说道："我知道，但是我不在乎，就这样吧，我去县里办理手续，你帮我去做下小娟她二姨的工作。"说完，苏树荫缓步走向小娟。心里暗道：反正没有他的余生，自然也就理所当然没有我的婚礼。

一周后，苏树荫和小娟的二姨协商好后，将小娟带上了北去的列车。她已经为小娟在首都申请好了学校，就在她的单位附近，也方便她上下学来找自己。

首都，苏树荫的家中，小娟怯生生地打量着四周，简约的装修，却处处都有主人的用心之处。苏树荫站在厨房里，对外面高声问道："小娟，排骨想吃炖汤的还是红烧的？"

"都、都可以。"几年的磨难，已经让原本活泼爱玩的小娟变得怯懦怕人。苏树荫笑着将排骨洗干净，放进炖锅中，她记得小娟口味清淡，应该会比较喜欢喝汤。

此后的一个月，苏树荫除了工作时间，都尽量抽出空来带着小娟到处玩，尽量让她接触人群。

"苏妈妈，我想要那个小糖猴子！"小娟指着街边的一个糖摊子说道。苏树荫点了点小娟的鼻子说道："不行！你看你前几天才去牙医那里拔了颗牙，现在还要吃，你想嘴巴里长满虫子吗？"

小娟想了想自己嘴巴里爬满虫子的画面，身子一哆嗦，急忙摇着头说道："我不想！我不要嘴巴里长满虫子，苏妈妈我不吃了，不吃了！"苏树荫满意地点了点头，觉得自己的教育技巧还是很成功的。

"那我们去吃烤大蒜吧！"小娟眼睛一亮，指着前面的烧烤摊说道。苏树荫看到烧烤架子上，站成一排的大蒜，无语问青天，还她可爱懵懂的女儿啊！

苏树荫摇头苦笑，最终还是给小娟买了两串烤大蒜。

"树荫！你也来这玩啦？"身后突然有个清脆的女生叫住苏树荫，小娟咬着蒜瓣回头，看见一个可爱姐姐惊喜地望着苏妈妈。

苏树荫回头，原来是纪愉。她放松地笑了笑问道："怎么？你也和同学一起出来玩？"纪愉点点头，舔了舔手中的糖人小猴子，疑惑地看着苏树荫手中牵着的小姑娘，怎么这个小姑娘看向自己的眼神这么热烈？

"鲫鱼，朱辅导员不是说你去广州参加交流学习会去了吗？"苏树荫疑惑地看着纪愉。

纪愉嘎嘣一声咬下猴子头说道："还不是我老妈，说我现在越来越优秀了，死活要陪着我去，说我没去过南边，要一路上好好照顾我。天啊！你知道吗？我感觉我妈把以前二十几年都没说的夸我的话，全攒到这几年给我说尽了。我现在一回家她就夸我，搞得我都不好意思了。"纪愉苦恼地说着，觉得自己真是越来越优秀了。

苏树荫听到纪愉这样说，直接一个爆栗子招呼到纪愉饱满光洁的额头上，说道："好啦你，别人是情侣之间秀恩爱，你是你和你妈之间秀来秀去。"

纪愉撇了撇嘴，将最后一块猴子小糖人吃完以后，看着突然对自己怒目而视的小娟，疑惑地问道："怎么你突然带着个孩子到处跑？"

苏树荫笑着将小娟的来历解释了一番。其实这段日子对小娟来历有疑惑的人很多，但是敢像纪愉一样直接问出来的人却很少，纪愉果然还是像以前一样啊。

纪愉点了点头，伸出手来牵着小娟说道："阿姨带你去游戏城玩，好不好？"小娟听到这话，忙不迭点头。这个阿姨她喜欢，本来以为听了苏妈妈的解释后，这个阿姨会像苏妈妈的其他朋友一样，对自己露出同情可怜的眼神，但是没想到这个阿姨就像听了一个无所谓的故事一样，对自己就像刚刚初见时那样的随意自在。没有因为苏妈妈的原因而对自己格外讨好，也没有因为自己的身世而格外怜惜。

纪愉就这样带着小娟玩了一下午，直到晚上两人还精神奕奕地讨论，下次去哪玩。倒是一直跟在后面的苏树荫累得不轻。这个纪愉，重新考上大学以后反而变得活泼了很多，以前和自己一起上学的时候，阴郁得像个修女似的。现在？哪里是修女啊！分明是歌剧院里的首席啊！

　　夜晚，CBD新区的一间KTV里。任京墨穿着黑色的高定西服，手臂上挂着刚刚疾跑时脱下的外套，推开最大的一间包厢，口中忙不迭地说道："不好意思，不好意思，开会来晚了。"

　　"嘿！现在才来！咱们可逮到机会为难为难金融界叱咤风云的小任总了！"任京墨大学时的舍友候胖子高举着酒杯对姗姗来迟的任京墨说道。

　　任京墨无奈地笑了笑回答道："真不能再喝了，中午刚喝了一斤白的，胃到现在还疼着呢！"说完将外套扔进沙发里，人也跟着躺下。候胖子早已经在任京墨说出第一句话的时候，就识趣地将手中端着的酒杯放了下来。

　　现在谁也不是初出茅庐的大学生了，为难任京墨、大名鼎鼎的小任总？还是在梦里想想吧。

　　一旁的几个经济学院的女生，偷偷地看着躺倒在沙发里闭目养神的任京墨，一会儿看一眼，一会儿又聚在一起窃窃私语。突然几个女生惊呼了起来，一个长相甜美的女生拔高了声音问道："不会吧？苏树荫都有小孩啦？她什么时候结的婚啊？"坐在一边正在吃花生米的女生回道："不知道她什么时候结婚的，也没和我们说啊，连朋友圈都没发呢！不过她那个女儿真是可爱得不行。"

周围几个女生赞同地点了点头，刚刚第一个发话的甜美女生问道："你们都见过苏树荫的小女儿啦？真的那么可爱吗？长的是像苏树荫还是像她爸爸？"

周围，刚刚还一起点头的女生们尴尬对视，不知道该怎么回答，其实她们都没有亲眼见到过苏树荫的女儿，只不过经常看见苏树荫晒她和女儿的日常。可是每次拍照苏树荫都只拍自己，很少有小女孩的正面镜头。

长相甜美的女生一撇嘴说道："没见过你们夸什么呀！"几个女生听到这话，在心里翻了个大大的白眼，她们当然不是为了夸苏树荫的女儿。没看见旁边坐着任京墨吗？

果然，刚刚还在闭目养神的任京墨已经坐直了身子，端起酒杯一杯杯独自喝着。几个等着他来问自己的女生看着任京墨一杯接一杯喝着，像是不会停下来似的，都失望地垂下了头，本来以为任京墨听到这话会跑过来问自己呢。

就在这时候，都以为不会再出声的任京墨突然问道："你们都没见过，怎么知道那是她的女儿？"声音嘶哑，不似刚刚进来时，清朗爽悦。

女生们对视了一眼，刚刚还抢着要回答的几个人，都默不作声了。

"我看见啦，苏树荫带着她女儿出来玩，正好被我碰上了。要我说，不是她妈妈，那个小女孩会喊苏树荫老妈吗？"一直躲在角落里刷着手机的纪愉说道，本来她是不想来的，但是朱辅导员劝她要多和这些已经工作的昔日同学打交道，毕竟其中的佼佼者已经不少了。

任京墨听到纪愉都这样说，心里再无半分侥幸。其实早应该猜到了，当初已经美貌无双的苏树荫怎么会缺乏追求者？她一毕业就考了公务员，其实心里还是希望过上平淡安稳的生活吧。

就像曾经她和自己说的，早上起床后两个人一起做早餐吃饭，闲暇的时候去菜市场买菜，回来煲汤。各自做着自己喜欢的事，但对方就在身边。吃完晚饭，两个人还可以一起携手去楼下的公园散步。

任京墨自嘲地笑了笑，这都是身背重担的自己无法给予的。

过了许久，任京墨缓缓地将杯中最后一口酒喝尽，拿起衣服跟跟跄跄起身，朝门外走去。停车场里，坐在车里的任京墨仰头揉了揉自己的眉心。

"先生，回家吗？"司机回头望向任京墨问道。

"嗯。"任京墨回答道。

"不！去个地方！"任京墨突然像想起来什么似的，报出一个地名。司机点了点头，轻车熟路地将车子掉头，向东城区驶去。

　　苏树荫家楼下，任京墨靠在车上仰头看着苏树荫家的灯光，其实他很早之前就知道苏树荫搬到这里来住了，买这栋房子的钱就是当初二人共同出的漫画书的最后一笔稿费，没有想到当初两个人共同完成的那本漫画书在发售后突然火爆，直到现在还有人在猜测书中的苏笑笑和任探花的原型是谁。

　　任京墨抬头，看着属于苏树荫的那盏灯如约关闭，知道此时的她已经安然睡去后，猛吸了一口烟，转身上车，决定再不来这里追忆往昔。苏树荫愿你未来没有我的余生，依然能美满顺遂。

　　楼上，苏树荫躺在床上看着手机，许久不曾联系过的吴苓刚刚突然发了条信息给自己，说希望自己带着女儿出去和她见一面。

　　苏树荫翻了个身，疑惑地想着。吴苓……是什么时候知道自己收养了小娟的？苏树荫对于伤过自己的人向来不假辞色。就像曾经坑害过自己的程因，前不久低声下气来求自己，希望自己能够在他求职的路上给他多说两句好话，毕竟现在他向往的上市公司，负责人事的就是自己的老同学。苏树荫知道后，默默将曾经的事情，一五一十告诉了老同学。

　　他们业内对于这种事本来就十分敏感，现在应该没有哪个公司愿意要他程因了吧？他错以为自己善良可欺，当真是大错特错。

　　但是……苏树荫叹了口气，毕竟吴苓是吴教授的女儿，对于自己一向敬爱有加的吴教授，苏树荫一向做不出狠心的事。想了想，苏树荫点开微信回道："好的，那就约在明天吧，新天地一楼的星巴克。"

吴苓看着手机上苏树荫的回复，皱着眉头坐在沙发上，看着任阿姨手忙脚乱照顾着任京墨，这家伙今晚应该又跑去苏树荫家楼下吹冷风了。

今天晚上的任京墨是喝得烂醉回来的，自己一个人默默地坐在沙发上，嘴里絮絮叨叨说着："树树有女儿了，树树结婚了。"然后在那里捂着枕头哭得鼻涕一把泪一把。

也就是任阿姨担心他，下楼来才看到这样的任京墨，顿时把平常高傲典雅的任阿姨吓得打电话给吴教授拿主意。

吴苓看着这样的任京墨，心里酸涩难当，忍无可忍之下才联系了苏树荫。

次日，星巴克里。刚刚下班接小娟回家的苏树荫，匆匆赶来，就看见坐在落地窗边喝着咖啡等自己的吴苓。

苏树荫直直地走过去，放下包后，一屁股坐到吴苓对面。端起吴苓为自己点的咖啡，喝了一口，美式咖啡少糖，是自己一贯喜欢喝的口味。吴苓永远这样细致入微，善于体察人心。连自己，这样一个她如此讨厌的人，也能将自己的口味记得这么多年。

吴苓看着独身前来的苏树荫疑惑地问道："你女儿呢？怎么不抱来看看？我还为她准备了小红封呢！"

苏树荫喝进口中的咖啡差点喷了出来，问道："抱来！"

吴苓点头回道："是啊，不是都在说你生了个女儿吗？"

苏树荫摇头笑出了声，将小娟的事原原本本地说给了吴玲听。吴苓听完，点头叹了口气说道："是你苏树荫会干出来的事情。我记得以前刚上大学的时候，你总像个老好人似的，李迎男犯懒不愿意去食堂打饭，每次都让你帮她打饭。纪愉那个人阴沉得可怕，整个班只有你愿意和她走在一起说话。原先认为你是个没脑子的老好人，没想到其实是个难得的聪明人。看看我自己，毕业以后谁和我联系？也只有你，次次同学聚会你都不去，但是次次大家都说起你。"

吴苓插起一块芝士蛋糕，慢悠悠地放进嘴里品味起来。

这几年她也是越发的心宽体胖了，经常想吃啥吃啥，想喝啥喝啥，其实想想人生在世，何必为难自己呢。

苏树荫看着吴苓，其实当年两个人也是闹得不可开交。她的性子向来恩怨分明，当年被吴苓那样坑害怎么会放过这个罪魁祸首。表面上苏树荫在非洲安安心心地支教，背地里却联系学校里和自己一向交好的同学，许重利、诱人语。终于在半年后，自己即将回国之际，爆发出来。

当年那个用一年时间准备香港之行的女生，成为最有利的闹事人。曾经的组织部副部长也在网上披露吴苓违规滥用学校资源，利用本不属于学生的权利，为自己谋取利益。连带着学生会的问题也被摆在公众面前，受尽议论。学校受此重击，终于决定整改学生会，将社团联合会和学生会分开，成为两个独立的学生组织。对于学校的经费审批，也被学校专门成立的财务小组全权接管。

吴苓因此推迟一年毕业，连带着去美国继续深造的机会也拱手让与旁人。

苏树荫听到这样的消息，心中自是欣喜无比。但是想到一向疼爱自己的吴教授伤心无助，到底不忍心，索性忘了吴苓这个人，也从未去过同学聚会。

吴苓看了看苏树荫，笑着拿起手机问道："你能不能把小娟的照片发给我？我以前听说过她，现在挺想知道她长啥样的。"

苏树荫看着外面的车流，多亏有小娟在，这座曾经的异乡也变得像个家了。她回头，对吴苓点点头，拿出手机将照片传给吴苓。

吴苓看着手机里，苏树荫搂着小娟，站在景点前，笑得阳光灿烂，点了点头，笑道："没想到这小姑娘长得挺可爱的啊。"

苏树荫最爱听别人夸小娟，听到吴苓这样说，也难得地一改往日对其的冷淡，笑容灿烂地点头对吴苓说："是啊，我家小娟确实长得好。"

吴苓看着笑容灿烂的苏树荫，愣在那里。过了半晌才说道："树荫，这么多年，你今天是第一次冲着我笑，我上一次看见你笑，还是在我们两个去食堂打饭的时候，那时候你忘记拿我的筷子了，我追着你说要揍你，你就是边跑边对我笑着说：'有本事来抓我啊。'"

苏树荫愣在那里，摩挲着杯沿，半晌没有回话，似乎也在回忆那段岁月。过了好半晌，苏树荫突然站起来，向门口走去，往昔岁月不能忆，件件摧人心。

"树荫！对不起！"吴苓突然站起来，不顾周围的人，冲苏树荫说道，泪如雨下。

苏树荫背对着她，站在原地，过了半晌继续抬脚朝外面走去。

任家，任京墨宿醉刚醒，床沿边的任母端着碗醒酒汤不停对任京墨唠叨着。任京墨揉了揉自己酸痛不已的太阳穴，突然床头柜上的手机发出提示音。任京墨拿起手机，是吴苓发过来一张照片，任京墨无所谓地准备将手机重新放回去。

紧接着吴苓又发过来一条信息："这就是你说的苏树荫的女儿！"

任京墨赶紧点开来，看着屏幕里的树荫，距离上次见到她已经过了许久。他的树树比在非洲的时候白了很多，本来就是江南女子，底子又好，回到祖国自然重归白嫩。

任京墨细细地摩挲着屏幕里苏树荫的脸庞。过了好半晌才后知后觉地察觉到，照片里还有一个人。

嗯？小娟？她怎么来这了？不对！所以苏树荫的女儿就是小娟！

任京墨看着吴苓发过来的消息，原来是苏树荫收养了小娟，他的树树一直是这样的人。任京墨看着吴苓发过来的最后一条消息，是一个微信名片，上面的名字叫……苏笑笑！

任京墨捏紧手机，突然起身朝外面跑去。

任母看着刚刚还病歪歪躺在床上的儿子，突然生龙活虎地往外跑去，举着刚刚吹冷的醒酒汤，莫名其妙站在那里。刚刚走进来的任父拍了拍任母的肩膀说道："不用想啦，能够让咱们家儿子这么激动的人，除了苏家那个丫头，还能有谁？儿孙自有儿孙福，随他们去吧。"说完，搂着自己风雨同舟几十载的妻子，朝门外走去。哼！臭小子，媳妇还没娶到手，就把父母给丢在一旁。

等到任京墨回来，会看到爹妈已经远走高飞，享受世界美景去了，留给他除了公司一大堆的事，就剩家里一条等着他陪遛弯的狗了。

而此时的任京墨，已经一路狂奔到苏树荫家楼下的任京墨，看着面前黑色的铁门，过了好半晌才鼓起勇气按响门铃。

苏树荫刚刚把小娟哄睡着，听见突然响起的门铃声，下意识地拿起厨房的擀面杖就往门口走去。

透过猫眼，苏树荫看着顶着一头杂草似的头发，站在门外不断绕圈的任京墨，惊讶地愣在原地，好一会才想起来把门打开。

等了许久的任京墨，抬头看见多年不见的苏树荫，穿着睡裙，一手拉着门，一手拿着擀面杖。又是好笑又是难过。他的树树，他胆小又胆大的树树。

苏树荫看着站在门口的任京墨，也站在那里不知道该说什么，久别重逢，有无数的话题，却什么也说不出口。

"嗨，任京墨，你……哎！哎！干吗呢？"苏树荫本来还想像任何一对和平分手的前情侣一样，矜持地互相打好招呼，然后她赶紧回到房间，画个淡淡的妆容，为正在客厅等候的他泡上一杯茶，两个人在友好而又疏离地交流后，自己带着皮笑肉不笑的表情，将他送出家门。

但是！现在这个穿着西装打着领带，拽着自己在首都街头狂奔的人是怎么回事？！

"任京墨！任京墨！你疯了是吗？"苏树荫甩开任京墨，站在原地气呼呼地说道。任京墨经过一段时间的狂奔，已经渐渐冷静了下来。看着还穿着睡衣的苏树荫，懊悔不已。

"那个……我、我带你去买衣服吧？"任京墨低声说道，怯怯地看着苏树荫，全没有和人谈判时候的气势。

"行啊！我要穿今年的新款，还要两套！"苏树荫抱着膀子，冲任京墨吼道。

　　本以为任京墨会冷笑一声，怒怼自己。没想到他居然呆呆地点了点头，从口袋里拿出一张卡，塞到自己手中说道："好！好！现在就去买，树树你以后想买啥就买啥，缺钱就和我说。不对！是我缺钱和你说，我回去就把所有的资产都转给你，好不好，树树？！"

　　苏树荫一脸莫名其妙地看着任京墨问道："你……是不是被撞傻了？我们两个非亲非故，你把那么多钱转给我？"

　　任京墨看着苏树荫，神秘地笑了笑说："待会你就知道了。"说完带着苏树荫去挑选了两身衣裳，任京墨的车也赶来了。

　　苏树荫坐在车里，掏出手机，对任京墨说道："把你微信给我。"

　　任京墨依言报了自己的微信号，苏树荫看着手机上显示的昵称——任大探花。手里握着手机，不知道该说什么，脸上装作淡淡的样子，转账给任京墨。

　　任京墨本来还一脸期待地看着苏树荫，想要看到她惊喜的样子，结果等来的却是转账！他看起来像是缺那么点钱的人吗？气呼呼地将手机塞回口袋，任京墨心里想等会有你哭的时候。

　　三个小时后，汽车到达此行的目的地——任家老宅。

　　苏树荫奇怪地看着面前占地面积极广的老宅，疑惑地看向任京墨。

任京墨冲苏树荫安抚地笑了笑，牵起她的手走了进去。

"戒指！"任京墨伸出手，摊开，示意苏树荫将戒指给自己。

"戒指？什么戒指？"苏树荫心里咯噔一下，却还是装作不知情的样子，无辜地看着任京墨。

任京墨看着这个死鸭子嘴硬的丫头，直接伸手，从苏树荫的脖子那里拽出一条红线。上面晃晃悠悠挂着的，正是当年自己向她求婚的那枚戒指。

"当年……你，是不是找了很久？"任京墨细细地摩挲着平滑的戒指。本应该冰冷的金属，带着苏树荫的体温，触手已然温润如玉。

苏树荫尴尬地伸出手，想将戒指重新塞回去。

"啪"的一声，任京墨轻轻地解开绳子上的扣头，拿起脱落了绳子的戒指，举了起来。

苏树荫看见任京墨手里的戒指，下意识地想伸手抢回，到了半道上还是忍住，缩回了手。

东西本就不属于她，现在物归原主也是理所应当的。

任京墨看着别扭的苏树荫，笑了笑，单膝跪地举起戒指说道："美丽而又大方的苏小姐，我！任京墨第二次问你，嫁给我好吗？！"

苏树荫站在那，看着再次跪下的任京墨，时间变幻不停，她这次终于可以说出自己想说的回答。

"嗯，我愿意！我当然愿意啊！"苏树荫哭着伸出手。

任京墨笑着，缓缓将戒指推入苏树荫无名指中。这么多年过去了，戒指里的命令程序终于启动。

苏树荫泪眼朦胧地抬起头，就看见整个老宅开始浮现出一幅幅的画面，慢慢向自己脚下的广场汇集，最终集合成一幅巨大的画。

任京墨看着苏树荫说道："这是我自己研发的程序，可以模拟出一个人年老后的样子。树树，我将我们两个老了的样子拼成这幅画，就是想告诉你，我！任京墨，在此向你求婚，愿与你共度此后每个冬夏，直到余生终结。"

苏树荫看着任京墨，已经哭得鼻涕一把泪一把。这个任野鸡！就会煽情！

一年后，已经完婚的任京墨和苏树荫一起参加学校的百年校庆。曾经的宿舍四人，重聚在逸夫楼下。

李迎男看着大腹便便的苏树荫担忧地问道："树荫啊，你这是快生了吧？"

苏树荫打了下李迎男说道："什么叫我快生了？我这才怀了六个多月呢！医生说了，我怀的是双胞胎！"

李迎男躲开苏树荫的小肉手，点了点头。小心地帮苏树荫挡开人群，往前方的专席走去。以任京墨现如今的地位，理所当然有专门的座位。

　　校庆后，苏树荫、李迎男、纪愉和吴苓一起坐在食堂里，她们四个人一起吃饭的时候最常坐的位置。看着窗外的新生，吴苓笑着问道：“哎，你们说我刚进大学的时候，是不是也晒得特黑？”

　　纪愉把自己做给小孩子的小袜子递给苏树荫，说道：“你那压根不是特黑，而是特别黑好吗？晚上熄灯聊天的时候，就看见你那一口大白牙在动了。”

　　吴苓气得揍了下纪愉说道：“你不也一样！”

　　说完静静地看了看三人，说道：“走到如今，其实仔细想来，我们每个人都不容易，有的时候真的要感谢那些曾经帮过我们的老师、同学，否则……”

　　李迎男和纪愉赞同地点了点头。

　　唯独一旁的苏树荫摩挲着手里的小袜子说道：“不，我们除了感谢那些帮助过我们的人，更应该感谢的是我们自己。从未放弃、从未懈怠的——我们自己。”

　　窗外，又是一年新生季。

后　记

这是我的第一部长篇小说，收笔后如释重负又百感交集。

我自2013年开始写小说，至今写有六十多万字了，都是中短篇小说。我没有写过长篇，也没有任何计划。"写中短篇也挺好的。"有前辈和老师举出欧·亨利、莫泊桑、都德、鲁迅这样的人物鼓励我，这给了我一个充实的借口。而我也貌似执着地在现有领域不懈努力着。其实内心里则是出于对写长篇小说的畏惧。至少十万字的东西，那不是一日两日一月两月就可以完成的，那需要魄力和持之以恒的体力、精力、毅力、耐力。也不是没有过长篇的构思，一想到这些就放弃了。

想法的改变得益于吉林省委宣传部和吉林省作协多位老师的动员和面对面的鞭策，否则绝对没有这部作品的问世。

这部小说写的是大学生的故事，毕竟大学生是社会力量的预备军和生力军，在社会发生深刻变革的时代背景下，他们的情感世界和生活状态不能被忽视。

我的选题和我几年来在高校工作的经历有关。

2015年以来我正式在长春理工大学光电信息学院、东北师范大学人文学院、长春师范大学、吉林警察学院兼职，教授秘书学、民间文学、写作、剧本写作等。出于作家的本能需求，我刻意和学生、教师进行了广泛深入的接触交往，这让我愈来愈认识到，我们作家，不，是我们的主流社会犯了一个致命的错误。

高校校园就是社会的延伸和缩影，大学生们的思维理念以不可思议的状态运行着。每当我对谁谈起，总会得到他或她瞪大眼睛的回应：啊？真的是这样吗？

即使是家长，关心的也无非是自己孩子的物质保障以及未来的发展方向而已。

小说写了以苏树荫为主角的四个女学生在大学阶段的有泪、有笑、有苦、有甜、有收获、有创伤、有困惑、有觉悟的成长成熟历程，塑造了吴教授、辅导员朱老师等优秀教师形象。全景展示了大学校园内的生活情境和当代大学生的生存状态、精神向度。希望引起对校园和社会的关系的进一步定位及深度思考。

从本质上说，这是一部励志的作品。

十六万字，历时七个月截稿。作家必须给自己的创作风格来一次"革命"性的尝试。在动笔之前我就下了决心的。身体无法改变，性别无法改变，但灵魂必须契合到人物身上，必须进入到故事场景中与人物同呼吸共命运。作家在创作时呈现的这种离魂状态，也许就是投入吧！

　　直到初稿完毕后的那些日子，有时还觉得没有从苏树荫的世界里走出来。每当我夹着书本走进大学校园，总会觉得恍惚。

　　愿青春不毕业！

作　者

2018年11月5日